新作场
上海文艺出版社

Fei Ji Chang

飞机场

刘迪作品

1 父亲的浪漫

格子父亲当兵的时候，嫌弃狗剩的小名不中听，顺嘴就给自己改了名，从此叫吴天翔。

吴天翔在给格子讲起这段经历的时候总是非常得意。

也许是巧合，吴天翔以后真的像大鸟一样在天空中飞翔了。

吴天翔的父亲吴文翰尽管浪浮，但爱子是出名的，逢集总要买两个肉包揣回来给儿子吃。这是做父亲的幸福时刻，但当儿子肉包子吃完，吴文翰又愁上心来，怎么才能叫儿子天天吃上肉包子呢？

1951 年，刚结束战争的年轻共和国，开始了抗美援朝、保家卫国的战争。

中国人要和美国人打了，这叫吴文翰越发看到了共产党的强大，他毅然把独养儿子送上了前线。他并不是心血来潮，与其悲惨地活着，不如跟着共产党走。尽管赌注下得大了，是拿儿子的命下注。可这一去，便走出一条金光大道。

吴天翔在胶州上火车，沿着胶济线北上，一下子就到丹东。就地整编两日，发枪、手榴弹、粮食和一些轻装备……于是就“雄赳赳气昂昂跨过鸭绿江”了。

在拥挤的闷罐车里，吴天翔怀抱一杆大枪，像怀抱着理想，精神亢奋，感觉自己无比强大。他暗暗发誓，要当《水浒》中的梁山好汉，要当英雄豪杰。他的行为遭到本村同伴的讥笑，他们嘲笑他“彪乎乎”的，不该领枪。他们只领粮食和物品，没有领枪和手榴弹，他们给自己留了一手，随机应变，趋利避害，败了就逃回家种地。吴天翔和他们不同，他刚穿上军装就是一个坚定的革命者，没给自己留退路。

尽管在后来没日没夜的急行军中，那杆大枪让吴天翔吃了些苦头，但他终究还是瞧不起同伴们那种农民式的狡黠。他不是一个在小事上患得患失的人，在队伍里，这叫觉悟高。事实上，本村同去的五个同伴中，只有他一人是囫囵着回来的，其他四人都成了青山绿水。

吴天翔的幸运是，他父亲不但给他吃了肉包子，还让他读了书，他后来能脱颖而出的关键正在于此。

他读过私塾，也读过公学堂，他父亲赶狗一样赶他去学堂，后来，他倒读出了兴趣，一直读到初中毕业。

一个初中毕业生，在队伍里可是凤毛麟角。其实，满打满算他在朝鲜战场只停留了一年，而且是当通讯兵，后来就被“选飞”回国了，成了一名新中国航空兵学员。

一个穷孩子，一夜之间成了预备飞行员了，这多少有点平步青云的意思。

一个航校学员和一个战斗机飞行员之间还有一段艰苦卓绝的路要走，而且淘汰率相当高。在国外，录取的飞行员通常都是一些受过良好教育的富家子弟，即使这样，淘汰率依然高达百分之七八十。在我们的飞行学员队伍里，绝大多数是贫雇农出身，有些学员几乎是文盲，初中毕业的就算高学历了。但就是这些贫苦人的后代，创造了奇迹。从预备大队到航校，最后到战斗部队，一关关过来，淘汰率只有百分之三十，而且大多是因为出身成分不好被淘汰的。

在朝鲜战场上，新中国的第一代飞行员创造了很多奇迹。放牛娃出身的韩德彩，当时只有二十岁，在战斗机上总共飞行还不到一百个小时，却击落了飞行时间达两千小时的美国双料王牌飞行员哈罗德·爱德华·费席尔。

朝鲜战场创造的奇迹，给了中国空军巨大的鼓舞，也给了贫苦出身的学员们信心。

什么都不懂，反倒没有畏惧。没有文化可以苦学嘛！

1953年，踌躇满志的吴天翔，走进了坐落在长春斯大林大街上的第一航空预备大队。

这时，他不但能吃到肉包子，而且还有面包、牛奶和咖啡。他轻而易举地就实现了父亲的理想。

吴天翔戴大盖帽和别人不同，他喜欢压着眉头戴，帽檐儿不是正对着鼻子，而是斜过去一点，露出线条硬朗的大半张脸。

大鼻子苏联教官叫他出列，拍着他挺拔平直的肩膀对学员们说：这才是一个合格军人应有的姿态！

在航校，他第一个放单飞。

第一次单独驾飞机上天，不能说不紧张。教练说：吴，这是你的第一次，你给我平安回来就行！

他平稳地把飞机降落到了跑道上，教练说：吴，你飞得比我好。

在毕业典礼上，又是他第一个上，在空军司令、教练、学员们面前，他的起落做得无懈可击，几乎完美，像雄鹰展翅般矫健。

他脱掉头盔走下飞机时，姑娘们把大红花戴到了他的胸前。

航校要把这个优秀的学员留下来，但他的教练对他说：吴，航校会埋没你，还是去部队吧！那里才是你施展才华的地方。

他一辈子感谢他的大鼻子教练，但从未有机会说出口。

三年学习期满，吴天翔以优异的成绩，踌躇满志地来到了北方某航空兵作战部队。

2 情　种

格子的爸爸吴天翔二十六岁那年探家，完成了他人生中的一个重要步骤。

吴天翔的衣锦还乡造成了巨大轰动，搅得十里八村的姑娘们彻夜不眠。

乡长说：盘古开天以来，我们这地方还没出过一个会飞的。吴天翔是我们乡里的骄傲。国家培养一个飞行员不容易，宝贝疙瘩，金贵呀，是国家用金子堆起来的，不能在我们这儿受磕打了。乡长专门派了一个妇女主任过来，帮他洗衣烧饭，照顾起居。

妇女主任叫金翠花，梳着两条大辫子，有一张白白的大脸盘，鼻子周围有几颗小雀斑。

金翠花尽职尽责地照顾吴天翔，她每天一大早就来，先扫院子，把院子洒上水，扫得干干净净。

吴天翔起床的时候，她已经备好了不冷不热的洗脸水，牙膏也挤好，搭在牙缸上。

金翠花干活利索，会做多种面食，她擀的面条一根是一根，筋道，再浇上葱花鸡蛋卤，又好看又好吃。金翠花擀的面片薄得像纸，滑爽清香。她包饺子更是一绝，听不到她剁馅的声音，她把五花肉切成小肉丁，先用酱油浸着，再把葱姜切碎，拌上，让味道滋进去，然后掰白菜，老帮子不要，留着炖大锅菜，专要白菜心，切成小丁，沥掉一些水，再和肉拌到一起。专挑头遍面，用不冷不热的水活好。不能马上就包，要放一会儿，等面醒了，才能包。金翠花用手揪出的季子比刀切的还匀，饺子皮擀得当中厚边上薄，包出的饺子，肚子撑得圆圆的，边窄窄的，咬在嘴里一兜水，香啊……吴天翔在以后的岁月里，一直念念不忘山东的猪肉大白菜水饺，他再也没有吃到过那么香醇的饺子。

金翠花用心地伺候，但看上去是不动声色的，其实里面全是内容。这内容便是情和意，情真意切，把吴天翔喂得像麦蛾子一样舒坦。

在金翠花的眼里，吴天翔简直就是一个奇人，一个最有本事的人，她觉得伺候这样的人既光荣又幸福。

金翠花眼里的敬仰和爱慕，一点点一滴滴，在一日三餐中把吴天翔淹没了。

吴天翔起初还能控制，后来就身不由己了。

点灯的时候，金翠花到里间给吴天翔铺被子，吴天翔跟了进来,他痴痴地看着那个若明若暗的身影,在灯影中晃动。他的思想一下子冲破理智,进入到自由的王国,那是斑斓的鸟语花香的国度。

他的目光像指挥官的命令一样,金翠花成了幸福的兵。

金翠花毫不羞怯地脱光了身上所有的衣服,像刘胡兰英勇就义般义无反顾。

昏黄的灯影下,金翠花雪白的身体凹凸起伏,不知比她的面容美了多少倍。吴天翔感叹,女人的好原来不都在脸面上。

吴天翔高频率地把从母体里带出的精华一股脑地灌入了金翠花的体内,那种震撼那种愉悦妙不可言。他一下子觉得豁然开朗,身体里的所有筋脉都通畅了。

金翠花一边给他擦汗一边问:好吗?

吴天翔说:好!

金翠花问:怎么好?

吴天翔说:像飞在蓝天白云里。

金翠花无限爱怜无限陶醉地说:你看你,好法都和人家不一样……那么浪漫。

金翠花下地,淘来水,让他洗,他问:为什么要洗?

金翠花说:别让女人埋汰了你。

吴天翔很感动:你知道你哪儿最好?

金翠花说:是俺的身子。

吴天翔说:不!是你的善良和温柔,你让我眷恋。

金翠花问:你会眷恋我?

吴天翔说:会的。

吴天翔假期休满后,恋恋不舍地离开了金翠花和他家乡的土地。

归队后,吴天翔给金翠花写了一封长信,文采隽永,充满发自内心的溢美之辞。

很快金翠花也回了信,信中充满“我们永恒的爱情”、“海枯石烂不变心”一类空洞的话语,落款是:马柄正代笔。

吴天翔想象得到,他给金翠花的信一定也是找人代读的,这叫他十分失望。

3 美人苏青丹

1957 年,在北方一个海边小城,吴天翔遇到了美人苏青丹。

他眯缝着眼睛,看着远去的苏青丹,然后缓慢地举起手臂,像射击那样,用食指瞄准苏青丹的背影,对樊茂盛说:

我就要她了!

那是他第一次见到苏青丹,在苏青丹身上,吴天翔找到了他对女人的全部梦想。

苏青丹是空军疗养院的护理员。

樊茂盛说:烧包!我看难!

樊茂盛是他的同乡,也是他的团副。樊茂盛已经不止一次来这里疗养了,他对这里的姑娘了如指掌。

吴天翔歪着头,颇不屑地说:有什么难?

你以为她是谁?七仙姑!你问问来这里疗养过的飞行员,谁不知道她?好多人打过她的主意,都没成功。听说最近沈空有一个副司令在追这丫头。

那我倒要试试看，到底是我输，还是那位司令老兄输！

说完，他响亮地打了一个呼哨。

樊茂盛还是那句话：烧包！

苏青丹，满族，家庭出身中农，一个破落贵族的后裔。

到苏青丹记事时，她家的高墙花瓦大院已经衰败了，祖先的富贵和排场她没有经历过，倒是听说过不少。北方漫长的冬天无事可做，老老少少坐在大炕上唠嗑，把祖宗的辉煌叨唠过来叨唠过去，显赫的祖先成了他们精神上的依托……年复一年，姑娘成了媳妇，媳妇熬成了婆婆。

苏丹青的脑子里灌满了先辈显赫的经历。

苏青丹能走上革命道路，得益于她的小叔叔。

她小叔叔国高毕业，抗日那会在学校参加学潮，反对日本侵略，在学校就加入了共产党，解放前就是中共地下区长了。快解放时，他让父亲卖了一些地，土改的风暴几乎没有拂扫到他们的身上。他还把家里的侄女和外甥送去参加革命，苏青丹就是其中的一个。

苏青丹和表姐在疗养院工作。所谓工作就是打扫卫生，天天擦地板擦玻璃倒痰盂，还要给疗养员铺床洗衣服。毕竟是大家闺秀，在家也是不干粗活的，总是不免要受点委屈。表姐终于忍受不了，回家了，半路当了逃兵。

苏丹青没走。

小叔叔说，没长性是干不了大事的。他带出那么多人，最后大都哪来回哪了，没有一个成大气。只有苏青丹是叫他满意的。

苏青丹走路不看人，好不容易和她搭讪上，下次在路上碰到，又像不认识一样。

吴天翔喜欢，喜欢得了不得，他就是喜欢苏青丹身上的那种贵气。

吴天翔到二十七岁还没有结婚，不是他不想，是他没有碰到心仪的美人。

那时部队有许多未婚的大龄飞行员。他们打完仗，进航校，放完单飞才允许找对象，可年龄就大了。

组织部门将姑娘们的照片像扑克牌一样散开，每个姑娘都露出半张脸，几乎都在笑，用一只眼睛在笑。组织部门的干部说，这些女同志都是各级妇女组织推荐上来的，我们进行了严格的政审，政治上完全可靠。

吴天翔很不喜欢组织包办式的择偶方式，他认为这种方式不浪漫，过于简单和草率，这又不是给猪配种。看上了，过个把星期，姑娘就夹着个包裹，来部队结婚了。这才知道她的真正高矮、胖瘦、黑白。吴天翔希望有一对眼睛是只为他一个人微笑的，他总是嘲笑那些看过“扑克牌”的同事：看上哪只眼睛了？

吴天翔迟迟没有什么像样的艳遇，这不能怪他，因为他们几乎是在一种封闭的环境里训练和生活。

那时在中国没有娱乐场所，更没有飞行员俱乐部。飞行员接触外界只有两个途径，一个是疗养，飞行员每年有一次为时一个月的疗养假期；另一个是探家，单身飞行员四年探一次家。

也就在那年秋天，他在空军疗养院遇到了苏青丹。

苏青丹是异乡人，没有家乡泥土的芬芳，但吴天翔就是想娶她，她是第一个他想娶的女人。

吴天翔向苏青丹发起了攻势。

4 狩　猎

吴天翔和樊茂盛约苏青丹去打猎。

吴天翔瞄准一只野兔子正要开枪,突然抑制不住地想说一句话。他放下枪,回过头,对苏青丹说:

苏青丹,你是第一个我想娶的女人。

这确是吴天翔的肺腑之言。

苏青丹不说话。

我知道还有很多人追你。

苏青丹看着别处,小声说:知道还追?

追是我的事,同不同意是你的事。

苏青丹站在上风口,山野里风大,苏青丹像是没听见吴天翔的话。

中午,他们在山旮里点起篝火,樊茂盛把刚打来的野鸡和野兔子架在篝火上。

吴天翔娴熟地在草地上铺上报纸,然后从行军包里拿出酒、水和点心。

香味渐渐扩散开来,野鸡烤好了,两个男人一边喝酒一边夸张地吃肉。樊茂盛说,打得真有准头,不愧是射击标兵,一枪一只,弹无虚发,这可比咱们打地靶过瘾多了。

吴天翔怕冷落了苏青丹,对着她说:团副是我师傅,我打靶的本领是师傅教的。打靶说起来简单,不过瞄准、射击而已,但就是有人不得要领,一辈子打不准。为什么?团副说了,不可言传,全在悟。悟到了,炮弹像长了眼睛,自己找靶标,你想打不准都不行。

樊茂盛一边啃鸡腿一边谦虚地说:青出于蓝胜于蓝嘛!

赶上师傅还早呢!

赶上我不算什么,你现在是师里最年轻的大队长,很快会成为最年轻的团长、师长。你将来要当将军!

樊茂盛喝了酒以后,讲话没有顾忌。

别提了,我大概是把师长得罪了。

你得罪的是师长老婆,又不是师长。

你没听到她到处说我目中无人,太骄傲吗?

连师长的小姨子都拒绝,你可不是狂妄吗?居然和师长攀连襟都不愿意!我们有这个想法,还没这个机会呢!

看到师长老婆的模样就知道师长小姨子的模样了。

你不过得罪了那个娘儿们。

得罪了师长老婆就等于得罪了师长。

你别让一个娘儿们的话分了你的心。她代表不了师长,更代表不了群众。她是"萝卜不济长在梗上"。想当年她提着包袱来部队结婚时,差点让师长给退回去。师长只看到过她的照片,没看过人,一看到人,心凉了半截。师长嫌她个子矮,人又长得丑,想不结婚了,但领导不让退,说人家姑娘来结婚了你给退回去算怎么回事?

他只好窝窝囊囊结了婚。

苏青丹在一旁漫不经心地听着他们的谈话。

吴天翔用伞刀切了一个野鸡腿递给她,她摇了摇头,没接。樊茂盛又切了一个兔子腿给她,她也没接。他们又给她切翅膀,这样就把她逼急了。她说:我不吃杂么六狗的东西,腥的膻的都不吃。

难怪苏青丹总是坐在上风口,她不但不爱吃,连味都不爱闻。

听苏青丹这么一说,吴天翔和樊茂盛也都不好意思吃了。这又叫苏青丹急了,她站起来,说:你们慢慢吃,我去林子里溜达溜达。

苏青丹走了,吴天翔痴迷地看着她的背影,自言自语道,我就是喜欢她这种不食人间烟火的样子。

樊茂盛在一旁叹了口气,说:你是找老婆,不是找仙女。

吴天翔说:咱们这种人,自己作主的地方少,但找女人我一定要自己说了算。他站起来:我要和她谈一谈。

吴天翔在松林里找到苏青丹,他第一句话就说:

苏青丹,我爱你!

苏青丹用怀疑的目光打量着他,说:

你想打速决战?

吴天翔说:我也想和你缠绵一阵子,再告诉你这句话,但我没有这个条件,我怕鸡飞蛋打,会失去机会,失去你,所以,我必须很明确地把我的意思告诉你,我们下次见面还不知是什么时候呢。

苏青丹虽没有被他的坦诚感动,倒觉得他有别具一格的地方。

苏青丹说:你愿意等吗?

吴天翔很爽快地说:这不是问题,要等多久?

三年,等我读完护校。

吴天翔说:读书是好事,我等你!

吴天翔看得出来,苏青丹不但漂亮,还是一个有追求的姑娘,这正是他要寻觅的。

5 金翠花来了

那天吴天翔正在外场飞行，值班室来电话，说老家来人了。吴天翔心跳得厉害，感觉有些紧张。他知道谁来了。吴天翔找到已经飞完计划的樊茂盛，请他先回去帮忙安排一下，他还有一个起落没飞完。

樊茂盛把金翠花领到招待所，又到空勤灶给金翠花打来了饭。金翠花对樊茂盛说，她是吴天翔的表姐。她是谁其实樊茂盛心知肚明，吴天翔探家回来就告诉过他，而且他还看过金翠花找人代笔写的信。樊茂盛对金翠花说，你来得不是时候，吴天翔近来很忙。金翠花是聪明人，说，我知道他忙，我看看就走。金翠花说话的时候一直望着门口。天黑了，走廊里总算传来了皮靴的声音，吴天翔终于出现了。见面的场面十分尴尬，吴天翔不知所措，竟然和金翠花握了握手。

樊茂盛乘机溜了。

屋里剩下他们两个人，一时都无话。最后，倒是金翠花说话了：

你走后，俺想你都想疯了……收不到你的信……我就知道是怎么回事了，我大病了一场……我知道，你就是在要俺的时候，也没动过要娶俺的心思，俺知道俺不配你……本应该就让这事过去了，可就是不死心，想再见上一面……这我就死心了，明天一早，我就走……

金翠花这么深明大义,吴天翔羞愧难当,连连说:我对不起你……竟然和你那样……吴天翔低着头说不下去了。

金翠花慢慢站起来,来到吴天翔身旁,一边轻轻地抚摩吴天翔的头发,一边柔声说:俺知道俺是你的第一个女人,是俺破了你的童身……你把男人最珍贵的东西给了俺……要说对不起,是俺对不起你。

吴天翔万万没想到金翠花会说出这样的话,感动得哭了,说:我应该把自己最珍贵的东西留给家乡人民,这是应该的。

金翠花说:那是我的光荣。在心里,比当"劳模"还光荣,对你,我心甘情愿,我只有奉献不要回报。

你是个好姑娘,家乡的好处,都在你身上了。今后,只要我想起家乡,一定会想起你。

第二天,吴天翔带金翠花到市里玩了玩,要买些东西给她,金翠花执意不肯,吴天翔很为难,于是,就把自己身上别着的"英雄"牌金笔给了金翠花,说:回去以后学学文化。

吴天翔这句话说得实实在在,金翠花很用心地点了点头,说:过去一心当劳模,把文化学习耽误了,这次回去,我就进扫盲班学文化。

临别的时候,金翠花也给了吴天翔一句话:今后你总要找女人,别中看不中用就行。

金翠花走了,吴天翔倒觉得心里空荡荡的,有隐隐伤痛的感觉。他被金翠花搞糊涂了,到底是谁对不起谁呢?

金翠花想不到的是,她走后,吴天翔倒是一直牵挂着她。第二年樊茂盛探亲回家,吴天翔特意叫他去打听一下金翠花的情况。樊茂盛回来告诉他,金翠花已经结婚了,嫁给了一个警察。

吴天翔这才放下心来。

以后多年,只要一吃猪肉白菜馅饺子,吴天翔必定会想起金翠花。想起她就想起猪肉白菜馅饺子的香醇,久了,他倒搞混了,不知到底是想什么了。

在吴天翔的心里,金翠花一直是个了不起的姑娘,她叫他感到温暖,叫他眷恋故土。

金翠花走后,吴天翔还在患得患失当中,师长老婆何秀芬就找来了。她笑眯眯地对吴天翔说:我都知道了,原来有女朋友,是不能再谈,再谈那就叫一脚踩两只船了。既然现在吹了,你就不要有顾虑了。

师长的小姨子是炼钢厂的工人,那时工人阶级是很时髦的阶层。姑娘穿着列宁服在公园等他,他匆匆赶到,姑娘伸出手来,说:您好!一副领导阶级的派头。他握了姑娘硬邦邦的大手,抬头看了看姑娘腮红打得太重的脸蛋,有些不很受用,那声“您好”和腮红都叫他感到不很舒服。既然是例行公事,他决定尽早撤离。他和姑娘在公园兜了一圈,说晚上“下达任务”,要马上归队。他让姑娘坐在他“飞鸽”牌自行车的后座上,把姑娘送回了厂里。

姑娘来电话约他出去玩,他就“今天准备”“明天飞行”地找借口打发姑娘,吴天翔豁出去了,不想再和姑娘见面。

何秀芬再一次被惹恼,她找到吴天翔非常生气地说:你太不诚实。难道你哪天准备,哪天飞行我不知道?我看你也太骄傲太狂妄太目中无人了!

苏青丹什么都没有向吴天翔许诺过,其实,吴天翔等待的是个未知数,但他还是拒绝所有为他介绍对象的人,一心等待美人苏青丹。

苏青丹在长春读书,吴天翔在四平,偶尔休息,他会去长春看望苏青丹。要去的前一天晚上会激动得失眠,天不亮就起床,赶凌晨的火车,早晨到长春,再赶到学校大门口等苏青丹出来。他们有时逛逛街,有时逛逛公园,但长春气候寒冷,外面不宜久呆。护校和长春电影制片厂离得很近,制片厂大门外有一个电影院和一个服装店,服装店里有很多时髦昂贵的衣服,是演员拍电影穿过的,吴天翔花钱给苏青丹买这些漂亮衣服,一点不心疼钱。苏青丹不领情,说:你买这些衣服干吗!我还在上学。

吴天翔就认真地说:我来的时候穿给我看。

他们双双走在长春的大街上,引来了很多羡慕的目光。吴天翔那时感觉苏青丹比当时走红的明星王晓棠还漂亮。吴天翔非常喜欢这种浪漫的感觉。他这时就会把金翠花忘得一干二净。

吴天翔还为苏青丹买了一架上海牌135型照相机,为苏青丹留下了很多年轻时候的照片。

他们有时去看电影,熄灯后,吴天翔便拉住苏青丹的手,有时搂搂苏青丹柔软且富有弹性的细腰,但关键敏感的地方苏青丹死也不让他碰。吴天翔在金翠花面前的那种蛮横,在苏青丹面前消失殆尽。

苏青丹能陪他看电影、逛公园,反正只要有她在身边就行,那一定是他最幸福的时刻。但也有十分沮丧的时刻。有时,经过一个不眠之夜,他站在了长春护校的大门外,终于看到苏青丹出现了,她由远及近地走过来,面部不带任何表情,到了跟前,说:今天不休息,你自己去看电影吧!

然后,转身就回去了,头都不回。

吴天翔这时会感到凄凉,会想金翠花,他相信金翠花绝对不会对他这样无情。

每次站在学校围墙外，吴天翔的心总是“咚咚咚”地乱跳不止，特别是当苏青丹向他走来的时候，他不知她会对他说什么。

三年漫长的等待，苏青丹叫吴天翔彻底尝到了煎熬的滋味。

6 友　谊

咚咚咚！晚饭后，走廊里传出了篮球敲击地板的声音。往日一听到这种声音，吴天翔马上会出来，到篮球场上痛痛快快赛一场。可今天挨了何秀芬的数落，心里窝囊，躺在床上不愿意动。

樊茂盛用篮球把吴天翔的房门砸得“咣咣”响，他也不出来。樊茂盛于是就进来说：明天来家里吧，小谭包饺子。

樊茂盛老婆小谭在银行上班，他们已经有一个女孩小鹰子了。小鹰子一见吴天翔就张开两只小手扑上来，他就像要魔术一样变出糖果和巧克力给她。他喜欢这一家人，来这里像到自己家一样。小谭比樊茂盛小六岁，和吴天翔同年。樊茂盛脾气暴，又不管家，小谭也是个倔性子，动不动就和樊茂盛赌气，不理他。小谭有什么委屈愿意跟吴天翔说，有什么难处也找吴天翔。小谭生第二个孩子时，正在和樊茂盛闹冷战，小谭给吴天翔打电话，说赶快送她去医院。吴天翔用自行车把小谭送到医院，一直等到小谭把老二生出来。小谭坐月子的时候，吴天翔假日出去钓鱼打野鸡野兔子，送来给小谭滋补身子。菜端上来，小谭先把一只鸡腿夹给吴天翔，再把鸡胸脯夹给孩子，有意冷落丈夫。樊茂盛一点不往心里去，自己夹了块鸡屁股说：我就爱吃鸡屁股。小谭剜了他

一眼,又给吴天翔碗里夹了一只鸡腿。樊茂盛笑着说:

人家女人都会撒娇,就你,光会赌气。

撒娇也不和你撒。

不撒娇不要紧,反正和我睡觉就行。

小谭冲着吴天翔喊:你看他呀!

脸上是撒娇的样儿。

吴天翔只是笑。

小谭对吴天翔的好,都在脸上,也都在明处。

好就好在樊茂盛一点不嫉妒,反倒说:天翔,在我们家,你比我地位高。

1960年闹饥荒那年,樊茂盛的母亲来了,他们那时已经有了三个孩子。

粮食不够吃,樊茂盛看着三个哭哭叽叽的孩子,心情烦闷,只会说:小谭就生孩子有本事,一碰一个,一碰又一个。

吴天翔嘟囔:谁叫你碰人家呢?

樊茂盛说:咦!她是我老婆,我不碰她碰谁?

那就别怪人家。

你总站在小谭一边。

吴天翔礼拜天去打猎。那时已经没有猎物好打了,能打几只麻雀就算开洋荤了,但吴天翔还是坚持去打。外出之前,他总要到空勤灶领一份午餐。那时国家虽然闹饥荒,但周总理说了,国家再困难,飞行员的伙食标准不能降低。大师傅给他包上一大包细点心,有时还给他一听罐头。他在外面游荡一天,下午回来,把带去的那包东西再带回来,原封不动地交给小谭,然后,掉头就走。他怕看到小谭那既感激又伤心的眼光。他一边往回走,一边想象着孩子们分食物的快乐。

7 王胜和金桂桂

金桂桂挎着包裹来部队结婚时，被警卫拦下。警卫问：你找谁？金桂桂答：找王胜。警卫又问：王胜是哪个单位的？金桂桂答是82团2大队的。警卫就把电话要到了团里，说：你们团二大队有家属来了。

赶上这天是星期天，团里放假。大队长吴天翔换上便衣背着枪刚要出去打猎，忽听值班员叫他，说他们大队有家属来，在营门口，叫他派人去接。团里难得放一次假，人都出去了，到哪里找人？吴天翔只好自己去接。他估计是王胜的未婚妻来了。

王胜是个矬子，又长得黑瘦，但因为锻炼的缘故，也还结实。王胜的强项是抬杠，其次是忆苦思甜。师里搞阶级教育，控诉旧社会的血泪史，可是控诉会经常被搞得啼笑皆非。有个干部在万恶的旧社会给地主当过长工，当牛做马，受尽剥削和压迫，于是，就说：农忙时，地主光给他们肥肉吃，吃得他们直拉稀，干不动活地主就用鞭子抽……会场骚动，传出笑声，下面有人议论：给你肉吃还不干活，是要抽你！讲的人以为下面的人不相信，又补充说：是啊！吃完肥肉再喝凉水就是要拉稀。大家公认控诉得最好的是王胜，他的控诉能叫全场的人哭声大作，达到最好的教育效果。他那时真有点飘飘然的样子。

王胜的软档是飞行技术差。拿吴天翔的话来说是聪明没用到正地方，不过这是私底下说的。

王胜这小子近来嘴都笑歪了，听说扑克牌里最漂亮的一张被他捷足先登了，据说为此还和别人闹翻了脸。金桂桂漂亮是漂亮，只是离得远些，两人仅书信往来，还没见过面。

金桂桂远远看到有一个人朝这里走了过来，细端详是个大高个，黝黑的脸庞，走起路来挺拔威武，心里一下子就欢喜了。

金桂桂高挑，瘦不见骨，丰不见肉，粉团玉面，美目流盼。

吴天翔第一眼见到金桂桂，也有点吃惊，佩服王胜好眼力，竟然在扑克牌里寻得到这样漂亮标致的女人。

金桂桂的手指尖尖的，手背上有四个酒窝儿，握在手里像是无骨的。英雄遇到美人，一时竟没了话，只是羞了。还是金桂桂先开了口：我是想给你个惊喜，就自己找来了。吴天翔这才如梦方醒，心想坏了，搞误会了，连忙说：我是吴天翔，不是王胜！金桂桂的笑靥转瞬不见了，陡然变得怅然若失。问：那王胜呢？答：他知道你要来，上街买东西去了。

吴天翔在前面走，金桂桂在后面跟着。金桂桂时不时睨一眼前面的那个人，暗地里有一种陶醉，心想王胜不知是怎样的一个人，是不是也有这样的英姿和气派。

二人一路无话，吴天翔把金桂桂领到王胜的房间，撒腿像兔子一样逃了。

回到自己房间，才发现自己竟然出了一身冷汗。

第二天，团里把糖、水果和烟都买了，又腾出了间空房子，准备当晚把婚礼办了，可没想到的事情发生了。眼看晚上的婚礼就要开始了，王胜哭丧着脸找到吴天翔，说金桂桂不见了。吴天翔一听就来气了，说：笨蛋，到手的凤凰都看不住！你平时那些狗精神都哪去了？一边还是叫大队的人马分头出去找。

正急着，营门那面来电话，说有人要找吴天翔。

吴天翔跑到大门口，愣住了：金桂桂穿着新娘子的衣服红着两眼站在那里。

金桂桂说：俺是你接的，你再送送俺吧！

金桂桂是个性情人，早从吴天翔的眼睛里看出了自己的斤两，并不觉得这是非分之想，巴巴地等着吴天翔的应答。可她万万没想到吴天翔突然发火了，他大声说：金桂桂呀！你开的玩笑大了。王胜日日盼夜夜盼，好容易把你盼来了，你招呼不打就要走，你不是把王胜给毁了？我就没见过你这样的女人！

金桂桂看着吴天翔说：那你见过什么样的女人？

吴天翔脸一红，咕哝说：反正你不能走。

金桂桂逼近说：腿长在我身上，为什么我不能走？

吴天翔说：看在我的分上……不不！看在我们大队的份上……

金桂桂说：好马才能配好鞍，他王胜配不上我。

吴天翔看了看金桂桂，过了很久才说：看来你是真要走了？既然你这样说了，那我就不拦你了，否则你将来怨我，我担不起责任。我叫家属干事来送你。

说完，吴天翔转身就走了。可没走多远，又被金桂桂叫住：等等，我跟你回去！

吴天翔转身又看到金桂桂时，她在笑着，只听她说：就看在你的分上我跟你回去。

吴天翔心想：这女人真是叫人搞不懂。

王胜自打结婚后，整日喜上眉梢，乐得嘴都闭不上。金桂桂当年就给他生了个大胖小子。

逢休息,大巴子车把飞行员们从外场送到家属区,车门一拉开,飞行员们一个个像饥饿的虎豹一般冲向各自的家门。

王胜通常总是冲在第一个。

女人们站在自家的门口,很得意地看着这一幕,长久闲置在家的烦闷和饥渴顿时得到了化解。于是,她们又转而口是心非地嘲笑、讥讽他们:

你看口水都流出来了……

瞧!如狼似虎的熊样……

即使是谩骂,也是亲切的、善意的。

王胜一进家门,反手就插上了门。王胜的老婆金桂桂正在给孩子喂奶,他拍拍老婆的屁股,示意老婆趴在炕沿上,然后就解老婆的裤子。没有任何前奏,就开始了剧烈的运动。女人跟不上男人的节拍,哀求着,孩子也哭,可男人这时顾不得,不依不饶地勇往直前。下面的女人说,走下车的时候,就猴急猴急的……王胜一边动一边说:你都看到了?女人说:谁看不到?像猛虎下山似的。王胜喘着粗气说:憋得都快尿裤子了。女人说:也不怕人笑话!王胜骂道:他妈的,老子在天上卖命,你们这些娘们在家看笑话,看我怎么收拾你……

孩子不见有人抱他,便自己爬起来坐在炕上,看到爸爸因为使劲而变了形的脸,吓得目瞪口呆,竟然没了哭声。

王胜是吴天翔的同期同学,他那期飞行学员年龄参差不齐,王胜比他大四岁。王胜其他方面样样精明过人,可飞行技术就是不行。

团里把王胜、李学友这些一直飞不出来的,都集中安排在吴天翔的大队。这些人文化水平低，航空理论没学好，年龄又大，飞得不好，还爱抬杠。其他两个大队四种气象都飞完了，他们还在飞昼简。他的大队自然是很难出成绩的，所以吴天翔心里有种无名火气。

有一天理论学习，他提问王胜：

如果航行中遇到积雨云怎么处理？

王胜答：怕啥？云是软的，可咱飞机是硬的。

气得吴天翔给了王胜一个耳光子，打得王胜鼻子出血。

王胜不示弱，把血抹了一脸，在飞行大楼示威，告到团长那里，又告到师长、政委那里。

吴天翔受了个处分。师长说他不善于带兵，没有阶级感情，革命队伍就是要培养像王胜这样苦大仇身的阶级兄弟。

他忿忿不平的是，师长还是给他穿了小鞋。

金桂桂到飞行大楼找吴天翔，见面就说：你怎么能打他呢？

金桂桂穿了件蓝色碎花外衣，素素静静的样子，叫吴天翔感到一种凛冽，一时不知说什么好。

只听金桂桂又说：人要衣，树要皮，你叫他今后怎么做人？怎么飞行？不看他面子，你也看看我的面子。

金桂桂哭了。看着哭得百娇百媚的金桂桂，吴天翔的威风一扫而光，只低着头说了一句：你回去吧！我知道了。

第二天，吴天翔当着全大队飞行员的面，给王胜道了歉。这一下，倒把王胜感激得鼻涕一把泪一把，真是不打不成交，从此就认吴天翔这一个好人。

金桂桂心里虽然受用，倒是觉得难为吴天翔了，想请吴天翔来家吃顿饭，又怕他不来，于是就织了顶溜冰帽，叫王胜带给了吴天翔。有一次金桂桂去军人服务社,路过溜冰场的时候,看到吴天翔戴着那顶白底带红杠的溜冰帽,心里一下暖烘烘的。

但王胜终究是个不争气的人。夏天去大连疗养,和护士们打得火热,可他不知道那些护士们是有脾气的,惹了她们,翻脸就不认人。王胜是陕西人,睡觉有个习惯,光着睡,否则就睡不着。大队里的飞行员都知道,可护士不知道啊!到点了,护士们要来给疗养员整理床铺,见王胜还懒在床上,一把就拉下了他的被子,不曾想王胜赤条条地仰在床上,那家伙昂首挺立着……护士哇哇大叫着跑到了院长办公室,毫不留情地告王胜耍流氓。

王胜平日里做人乖张、刻薄,一旦出事,人家笑还来不及,哪里还愿意给他讲好话?又是吴天翔救了他,说:陕西人穷,都光屁股睡觉。我和王胜预校就在一起,从没见过他穿衣服睡觉……护士也有不对,你不掀人家被子,怎么会看到人家老二?要我是王胜,我还告她呢!

从此,王胜把吴天翔当成了他的贵人。

8 喜结良缘

苏青丹以优异的成绩毕业了,拿到了毕业证书。她决定还是回疗养院,因为她在那儿有一些基础,一个军人,连党员都不是,多少有些不光彩。她对自己的下一步又有了想法,不过,她没有对吴天翔说。

吴天翔来长春送她。苏青丹见到他很高兴,不再躲躲闪闪,还把他带到了宿舍。

苏青丹的东西已经理好,宿舍无人,苏青丹让他坐在床上,给他倒了一杯开水,然后,也坐到了床上。

苏青丹拿出她的毕业证书给他看,多少有些炫耀的意思。

吴天翔知道苏青丹不是那种十分聪明的人,但她学习刻苦、用功,有韧劲和恒心。

吴天翔于是不失时机地说:青丹,我们结婚吧?

苏青丹看来是早有准备的:好吧!等我回去报好到,我们就结婚。

这很出乎吴天翔的意料,他于是得寸进尺,说:结了婚,我就让组织部门把你调过来,让你天天在我身边,像樊茂盛和小谭一样。

到一起有什么好?你不是说他们老闹别扭吗?

我看他们闹别扭都是好的,羡慕得不得了,其实,他们是假闹真好。

你怎么知道?

不然,他们怎么生那么多孩子?

苏青丹的脸一下子红到了耳朵根儿。

吴天翔顺势就抱住了苏青丹。苏青丹这回没有避让,倒反有将就他的意思,这给了吴天翔很多勇气。当他的手触摸到了她的身体时,苏青丹身不由已地扭动着,他陶醉地抚摩着日夜想念的爱人的绮丽身体,突然想证实以往他的想象。于是,他开始解她上衣的钮扣……他看到了世间最美的东西,粉红的,像一朵小花。他俯下头,幻想着把它吃下去,它便会在他的生命里开花结果了……正当他要解苏青丹的裤子时,苏青丹突然发出了像山猫一样的啸声,然后就一动不动了……这是苏青丹有生以来的第一次性高潮。

吴天翔看着这惊人的一幕,一声叠一声地叫着苏青丹的名字……

吴天翔纳闷:怎么我还没开始她就到了呢?

苏青丹目光迷离地看着房顶,说:

我晕眩……耳朵像灌满了水,我什么都听不到了……

吴天翔说:那是因为你欢喜。

欢喜就什么都听不到了?

对!都听不到。

打雷也听不到?

对!什么都听不到!

欢喜的时候,你只能听到我的声音,那时,我是你唯一的声音。

吴天翔那天并没有实质性地接触苏青丹的身体,苏青丹就到了高潮,这叫他感觉苏青丹的身体是不堪一击的。他幻想那一定是脆弱、新鲜、迷人的仙境。

他更加期待着早日结婚。

苏青丹身体的鲜艳和娇贵与金翠花给他的感觉完全不同,但他并没有否定金翠花的意思,女人的种种好,叫男人渐渐羽翼丰满。他对金翠花始终感恩戴德,但他却不以为是背叛。

吴天翔和美人苏青丹的婚礼是在1961年的春天举行的,吴天翔是他那批飞行员里最后一个新郎官。

因为是灾年,婚礼十分简朴,每张桌子上只是稀稀拉拉地撒了些糖块和苹果。尽管如此,婚礼却异常热闹。空勤、地勤、家属、孩子们，还是把举行婚礼的空勤灶挤得水泄不通。

如果说航空兵部队是神秘闭塞的话，那么空军疗养院相比之下就比较开放，因为它接触的几乎是全空军的飞行员。一些飞行员大言不惭地说："空疗"是培养飞行员老婆的摇篮。

疗养院的女护士们，属于公众人物。那时，在飞行员当中，没人不知道空疗有个"七仙姑"的。起初传闻，一个著名的战斗英雄在追她，后来又说，她把战斗英雄给甩了，和一个副司令好上了……

所以，绯闻缠身的苏青丹最后嫁给了吴天翔，在飞机场引起了不小的轰动。

但最为轰动的是新婚之夜。他们闹的笑话，在空军部队流传了很多年。

那天夜里，航医宿舍的门被敲得像打雷一样，吴天翔慌慌张张地对还在睡梦中的航医说：我老婆大出血了！航医揉着睁不开的眼睛，迷迷糊糊地说：傻瓜，你老婆流产了。吴天翔大骂：你他妈的不说人话，我们刚结婚，怎么她就流产了呢？航医说：我不懂女人的病，我没学过妇产科，我带你去找卫生队队长。

卫生队队长是一位有经验的慈祥老太太，从大医院妇产科调来的。

吴天翔带着队长一边飞一样蹬着自行车，一边说：坏了，我老婆流了一床血。

队长来到新房的时候，苏青丹的血已经止住了。

队长给苏青丹做了检查，结论是处女膜过厚，拉破周围毛细血管，造成出血过多。

队长看了看苏青丹，说：明天你得过来做一个血小板检测，你流这么多血确实挺吓人。你学过医,应当懂得这些常识。

苏青丹低着头没有说话,没说懂,也没说不懂。

苏青丹看着母亲送的细花旗布白床单,已经染上了斑斑鲜红的血迹,她现在明白了母亲的叮嘱和用意。

老太太看了看被滚得血迹斑斑的床单,能想象到那上面曾有过的激烈和疯狂,又看了看吴天翔,慈祥地说:小伙子,这可不是打仗,搞僵了,妻子会性冷淡。记着,心急吃不了热山芋。

老太太又嘀咕:你们政治部光知道给你们物色女人,却不知道叫你们怎么爱护女人。

夜里发生的事情,第二天很快就传遍了飞机场。

人们对苏青丹肃然起敬。

苏青丹休完了婚假,一天都没有耽搁,马上又回到了海边疗养院。她没有调过来,因为回去不久,她就发现自己怀孕了。

苏青丹不愿意挺个大肚子邋里邋遢地出现在新单位,她是一个十分注意自己形象的女人。

苏青丹生了个女儿,叫红善,跟爸爸姓。三个月,红善就被送到青岛,交给奶奶匡玉凤了。

少妇苏青丹调到部队,是她生命之花开得最艳的时候。

隔了一年,她又生了老二,也是女儿,叫格子,随妈妈姓,也是三个月,被苏青丹母亲带走了。

两个女儿,一个奶奶带大,一个姥姥带大,苏青丹一个也没有带。苏青丹不但不会带孩子,也不会做饭,她和吴天翔各吃各的食堂。

在飞机场,他们像一对不食人间烟火的金童玉女。

苏青丹一生都没有离开过部队,清清白白地走完了她的军旅生涯，最后从院长的位置退休，享受正师级待遇，职务比吴天翔还高。

9 大 转 场

格子的生命在一次声势浩大的迁徙中受到惊动。

那是她有生以来经历的第一件大事，于是，沉睡的生命苏醒了。

1968 年，毛主席发出了一个洪亮的声音：部队不宜在一个地方久驻。

八大军区司令几乎在同一个时间向部队转达这一指令，于是，各兵种开始行动……

军列像一把锋利的钢刀，刺破白昼和黑夜，在广袤的原野上疾驶。它穿过高山，越过江河，风雨兼程，嘹亮的汽笛一路高啸，势不可挡地向前挺进。

这是一支航空兵部队从北方向南方的大迁徙。

通常，部队给这种迁徙叫“转场”，大部队的“转场”气势浩荡。特别是航空兵部队的“转场”，恢弘又浪漫。天空有飞机，地上有火车，空中和陆路齐头并进。空转和陆转同时进行。空转是飞机的转移，相对单一，陆转就比较纷繁和庞杂，它包括人员和物质的转移，人员转移包括地勤人员、场站人员和家属，还有部分不参加空转的飞行员。物质转移包括装备、器械、车辆、武器和家什。

这支庞大的队伍一批又一批，在铁路上足足走了七天七夜。

在浩浩荡荡的队伍里,有一列载着家属的专列……

清晨,明媚的太阳照在车窗外金黄色的稻田里,列车进入了金灿灿的江南。

格子的生命,就是在这次由北向南的行进中,准确地说是在列车上,完全苏醒了。

格子开始有了记忆。格子忧伤的童年好像就是从这里开始的。

这个金色的早晨,女孩格子真的在沉睡中苏醒了。她撇了撇小嘴,发出类似猫叫一样似哭非哭的声音,一旁的姥姥知道这孩子是在找她。

格子在姥姥怀里睡眼蒙眬地揉着眼睛,当她慢慢张开眼睛时,看到了金黄金黄的东西。于是,女孩被那耀眼的颜色迷住了……

女孩有一双褐色的长睫毛大眼睛。

这孩子又呆住了,是姥姥的声音。

格子,看看这是谁?

姥姥指着坐在对面的人又说:

格子,她是你妈。

对面的女人伸出双手,说:

来!妈妈抱抱。

格子在那个人的身上闻到了陌生的味道,消毒药水和香脂的混合味儿。

格子警觉地看着面前的那个人,下意识地靠紧姥姥,把脸埋进姥姥的怀里。

格子用露在外面的一只眼睛斜睨着妈妈,一边贪婪地嗅着姥姥身上的烟草味儿,这才是格子熟悉的味道。

妈妈穿黄军装蓝裤子,腰间还扎了一条很宽的皮腰带,腰带的褡扣上有一个镂空的五角星。妈妈还戴一顶黄军帽,帽檐上也有一颗烁烁生辉的五角星,是红色的。

格子没有让妈妈抱,这对母女就此失去了彼此亲密的机会。在格子的记忆中,妈妈再也没有抱过她。妈妈是画上的人,好看,但不真实。

这时,列车在中途靠站了,站台上每隔五步就一个全副武装的士兵,姥姥紧张地问:

这是怎么了?怪吓人的。

妈妈说:他们是保卫我们的,我们是军事行动,防止敌人搞破坏。

妈妈又对姥姥说:

妈,越往南走天气越热,车上病号越来越多,我没时间照顾你们,你们自己要多注意身体,多喝水,我要去巡诊了。

妈妈走后,姥姥埋怨格子:她是你妈,怎么不叫呢?

格子冷冷地说:她是美人胡兰香。

姥姥生气了:尽瞎说,你妈是谁?她是谁?你妈是革命军人,她是地主的女儿。

胡兰香家住在姥姥家的前街,大家都喊她美人胡兰香。她喜欢领着格子去赶集,还买冰糖葫芦和糖块给格子吃。自从她和她妈被游街批斗以后,没人再喊她美人了,大家开始喊她破鞋胡兰香。

姥姥说:等见到你爸,要叫,不能没礼貌。

格子问姥姥:敌人是谁?

姥姥想了想:就是坏人呗!

隔壁座位的靠背上露出一个头来,座椅上站着一个叫飞飞的男孩,生得虎头虎脑的,已经看这边好一会了。这时,他说:

敌人就是美帝、苏修、国民党反动派和地富反坏右。

女孩问:你见过敌人吗?

男孩摇了摇头,但很快又说,在电影里见过。

女孩也趴到了椅背上,和男孩你一句我一句地聊起来。

女孩问:敌人长得什么样?是不是有很长的舌头?

男孩笑了,说:那不是敌人,那是小鬼。

女孩又问:那到底什么样?

男孩说,你看过革命样板戏吗?《沙家浜》里的胡司令,《红灯记》里的鸠山,还有《白毛女》里的黄世仁,他们都是敌人。

男孩被女孩眼睛里发出的亮光所吸引,便讲得越发精彩起来。

女孩一边吮着大拇指,一边很崇拜地看着男孩,痴迷地听着,口水从嘴角汩汩流出来。

男孩伸出一个食指,挡在格子的嘴角上,女孩的口水就不流了。

男孩不知什么时候从口袋里拿出一样很稀罕的东西,它扁扁长长的,用薄薄的锡纸包着,非常精美。男孩把它放到女孩的鼻子旁,女孩顿时感到醇香四溢。女孩问:这是什么呀?男孩说:巧克力。女孩问:巧克力是什么?男孩说:巧克力是最好吃的糖。飞行员吃了这种糖才能飞上天空。男孩说:给你吧!女孩非常想要但并没有去接,男孩便强行把那块精美的巧克力塞到了女孩的小手里。

10 丽　　园

丰腴的丽园机场坐落在富饶美丽的杭嘉湖平原上。

从地域上来看,丽园是四通八达的,开放的。如果以丽园为中心,从东面逆时针数一圈,会惊讶地发现一些著名的城市:上海、湖州、无锡、苏州、杭州、绍兴、宁波,这些大大小小的城市仿佛是簇拥着它的。这似乎有点抬高丽园的意思,因为丽园是不著名的,甚至在地图上都找不到它的名字。就因为它是军事要地,所以不能显山露水,从这个意义上来讲,丽园是密闭、独立又神秘的。

一条蜿蜒的公路,把丽园分成了两部分,路的这面叫内场,路的那一面叫外场。这面是生活区,热闹聒噪,一派鸟语花香的样子。树种繁多,郁郁葱葱,一年四季有开不败的鲜花,散不尽的香气。那面是营区,肃静整齐,树也长得威武神气,高峻的水杉、魁梧的塔松和冬青,还有大片的芦苇。

湿润芳香的内场是女人的,威武冷峻的外场是男人的。

内场是后方,有大片的家属区,有军人服务社、卫生队、休养所、大礼堂、灯光球场、游泳池、农牧场。

这里大多的人穿一样的制服,甚至包括老人和孩子,天南地北的方言在此被同化,最后变成一种语调,他们几乎都讲普通话。这里看上去有些寥落乏味,其实,它并不像外表看到的那样。这里汇聚了天南地北、五湖四海、形形色色的人,有顶尖的飞行员,也有各色花样女人,这里的丰富与精彩是以另一种形态来表现的。这里是喧嚣也是宁静的,是理性的也是欲望的。这里特殊的味道和声响总是叫人难耐寂寞并想入非非。

丽园是阴雨绵绵的,湿润的空气中徘徊着浓郁的香气。

清晨一醒来,香味就扑鼻而来。正是栀子花开的时候,肥硕的叶片绿油油的,到处可见一蓬一蓬的,只是那大朵朵的花,白幽幽的,含着露珠和雨珠,开得忧伤凄婉。一批刚开放,又有新的一批花蕾绽放开来,花期似乎特别漫长。逢雨季,浓郁的香气弥漫在潮湿的空气中,更是经久不散,熏得人老想打喷嚏。

11 机场空难

六月初,江南进入绵长的梅雨季节。

格子亲历的第一次空难就是这时发生的。

在格子的印象里,丽园的阴柔和湿润是属于女人的。

空气中弥漫着花香和植物腐烂的混合气息。

食物发霉了,衣服也发霉了,房间里都是发霉的味道。

潮湿闷热的天气叫人喘不过气来。

这天,弥漫在天空多日的云翳一下子就散开了,阴郁的天气突然晴朗起来。

不远处,农民们抓住这样的好天气开始在田里收割稻子,在金色的稻田上面,麻雀成群结队地盘旋着。它们忽儿向这边飞,忽儿又向那边飞,自由自在的样子。

天空蓝蓝的,天边有几朵绮丽的云彩,怎么看,这一天也不像充满危机的样子。

开飞之前,飞机场总是很安静。

吴天翔已经坐在了塔台上的指挥椅上。他现在是团长了，今天，他是外场指挥官。

不知为什么，在给八大员下命令的时候，他突然感到心里慌慌的，呼吸有些异样，有点像饥饿的感觉，这是他多年不曾有过的。

他又看了一眼飞行日志，今天是他们师转场到南方以后的第一次飞行，他们作了充分的准备，况且是副师长樊茂盛挂帅飞第一架次。这老兄他太了解了，越关键的时候越露脸，他太服他了，他俩在一起干过很多露脸的事……

开飞的红色信号弹，在机场上空升腾起来。

吴天翔很快振作起来进入了状态。

发动机巨大的声响顿时响彻云霄。

几公里以外的鸟群被惊动了……

樊茂盛驾机经过塔台的时候，他清楚地看到他向他微笑着伸出了大拇指，这是他们的暗号，无往不胜的意思。他也朝他做了同样的动作，塔台的大玻璃反光，他知道他看不到，但他相信他知道他在祝福他。

这是他们最后一个珍贵的手势。

他拿着望远镜追逐到跑道尽头，就在飞机昂头向上的瞬间，一群可怕的黑点出现了……

鸟群……他的喊声还没有结束，跑道尽头就发生了巨响，接着，他看到了烈焰和浓烟……

黑色的浓烟像乌云一般把机场一下子罩住了……

部队为樊茂盛举行了隆重的葬礼，给予樊茂盛很高的评价，追认他为革命烈士。同时，也给了樊茂盛家属谭丽很高的评价，把她誉为家属的楷模。

谭丽自打听到噩耗以后，自始至终没有哭。她一下子像变了一个人，表情僵硬，乌青的双唇紧闭，无论是在领导面前还是在家属干事面前，她没有说过一句话。

吴天翔来了，谭丽趴在他身上开始痛哭……慢慢嘴唇有了血色……

谭丽说：过去他每次离开我，我都以为是永别，心像被刀割了一下……这么多年已经千刀万剐……这一天终于到了，这是最后一刀……我和他了了……

傍晚，妈妈和爸爸突然一起回来了，爸爸把格子抱起来，用胡子扎了扎格子的脸蛋，端详了一会格子。

格子对这样的亲热有些陌生和反感。

妈妈眼睛红红的，妈妈和姥姥低声在说话，妈妈说他们刚开完樊茂盛同志的追悼会。

爸爸说：明天准备，后天开飞。

妈妈说：都还没有从悲痛中摆脱出来，就不能缓几天开飞吗？

飞行就是最好的缓解办法。

也倒是，越拖思想负担越重。

抗美援朝时，飞机员摔在场内，把飞机拖到一边，接着就开飞。没人说什么，更没有怕，反而越飞越勇，创造了那么多奇迹。

那是战争年代。

后天，我飞第一个架次。

怎么让你飞第一架次？樊茂盛牺牲应当说对你的打击最大。

所以，裴副师长才让我第一个飞。

妈妈侧过脸，哭了。

爸爸在吸烟。

你哭什么呢？……你这样哭让我很不舒服……开完追悼会，裴副师长就对我说，你第一个上，要把士气飞出来，我明白他的用意。我会干得既漂亮又利索，等着瞧吧！这是荣誉。

荣誉就那么重要吗？

对！它大于生命。

姥姥在另一个房间叫：

格子，到姥姥这儿来。

格子说：他们吵架了。

姥姥笑了笑，说：他们那是亲。

格子问姥姥：爸爸还有一个家吗？

姥姥说他哪里还有家？

那他平时住在哪里？

姥姥说爸爸平时住在飞行大楼。

姥姥从口袋里拿出两块巧克力塞给格子，悄悄说：爸爸给你的。

妈妈不让我吃爸爸的巧克力，它是给爸爸增加热量的。

别听她的，爸爸给你你就吃吧！

格子没吃，拿在手里睡了。

那天晚上爸爸没有回飞行大楼，他住在妈妈的房间了。

12 飞 飞

早晨格子起来的时候，爸爸已经走了，妈妈一个人在房间里梳头。妈妈的头发像变戏法一样,变得又黑又长。妈妈一边梳头一边在哼唱,歌儿真好听,把格子迷住了。后来格子看了电影《冰山上的来客》,才知道那首好听的歌叫《怀念战友》。

机场很多人都说妈妈长得像电影里的古兰丹姆。

那天早晨,妈妈第一次给格子梳头。妈妈说我给格子梳一个麦穗头。妈妈把格子的头发一绺一绺挑起来,在头顶盘了一圈小辫子,妈妈还在上面打了一个天蓝色的蝴蝶结,又给格子换了一件天蓝色镶着白花边的的确良连衣裙。

那天早晨,格子习惯地嘟着小嘴,像是生气的样子。其实,格子不生气也嘟着嘴,倒叫这孩子很耐看。姥姥总是说:好像满世界的人都欠你的。

格子在房前长长的凉棚下走了一趟,没有发现好玩的东西,有些无聊,于是决定向外走去。

向哪儿走呢?她决定沿着柏油路走,路两旁生着青苔,湿漉漉的,她挑当中走,走到哪儿算哪儿……前面一个男孩迎面走来,你看看我,我看看你,就走过去了,女孩认出他就是火车上认识的男孩。

走过去的男孩突然回过头来对女孩说:你跟我去吗?

女孩正闲得无聊,就说:好吧!

女孩跟在男孩的屁股后面,她看到男孩戴了一个黑胳膊箍,就问:

我看到人家都戴红胳膊箍,叫红卫兵。你怎么戴黑胳膊箍?你是黑卫兵啊?

你瞎说。我是红小兵。

你是黑小兵。

你瞎说,我给我爸爸戴孝呢!

啥叫戴孝?

我爸爸牺牲了。

噢!就是死了吧?

死和死不一样。毛主席说:人总是要死的,但死的意义有不同。中国古时候有个文学家叫做司马迁的说过,人固有一死,或重于泰山,或轻于鸿毛。为人民利益而死,就比泰山还重;替法西斯卖力,替剥削人民和压迫人民的人去死,就比鸿毛还轻。我爸爸就是为人民的利益而死的,他是烈士,他的死就重于泰山。

男孩口齿伶俐,这是叔叔致悼词时对爸爸的评价,他几乎倒背如流。

女孩的眼睛瞪得快要竖起来了,女孩被面前这个男孩给震得一愣一愣的。

男孩得意地说:你们女孩傻得像洋娃娃一样,什么都不懂。

女孩拿出昨天姥姥给她的两块巧克力,分了一块给男孩,于是,两人手拉手边吃边往前走去。

女孩跟着男孩走呀走,穿过一片竹林,一片水杉林,一片白杨林,一直走到了外场。他们来到了一个很大的运动场上,草地上有各种各样的训练器材,有的像老吊车一样,有两个长长的手臂,有的像巨大的车轮。男孩说:这就是飞行员锻炼身体的地方。男孩很认真地对女孩说:你去一边玩吧!从今天起,我要训练了。

男孩一副很庄严的样子叫女孩心升敬意。

格子好奇又羡慕地看着男孩在双杠上翻上翻下,男孩突然停住,坐在双杠上看着女孩。

我想告诉你一个秘密。

女孩仰着头看着他。

你不能告诉别人。

女孩点了点头。

你知道我为什么要锻炼身体吗?

女孩摇了摇头。

我要接我爸爸的班,将来也当飞行员。

你不怕死?

男孩想了想说:不怕,怕死不革命!

格子看到男孩站在老吊车的“手臂”上荡啊荡啊,在大“车轮”上转啊转……女孩终于看得不耐烦了,说:哎!你知道我爸爸住哪儿吗?

男孩说:当然知道,我带你去。

他们来到一座大楼下面,朝南的正面大门锁着,里面像没人一样,静悄悄的。他们绕着大楼走了一圈,边门开着。外面的太阳正是雪亮的时候,一进入走廊,就暗了下来,像进入长长的隧道。格子紧跟在男孩身后,朝前方的光亮走去……

站住!小孩!他们被一个声音喝住。

一个大人走过来,看不清楚他的脸。

你们来干什么?

格子害怕极了,躲在男孩后面,吓得眼泪都要出来了。

男孩把格子从身后硬拉出来,小声说:别怕,有我呢。然后,对前面的那个人说:她要找她爸爸。

她爸爸叫什么名字?

吴天翔。

男孩的声音在空荡荡的走廊里回响。

一扇门开了,走出一个人来,走到近处,格子认出是爸爸。

这下可有救了,格子松了口气,但她没有扑到爸爸怀里。格子等着爸爸来抱她,格子就是这样的孩子。

其实,格子现在很希望爸爸抱抱她。可是爸爸走过来,并没有抱格子,反而很严肃地说:胡闹,你们怎么到这儿来了?快回去!

爸爸完全像变了一个人。

他俩跟着爸爸从原路又走出来,眼前豁然亮堂起来。爸爸说:叔叔们都在准备明天飞行呢!你们怎么能到这里来乱跑。飞飞,以后不许带格子到这里来。

爸爸送到他们门外就回去了。

格子在往家走的路上,心里很不是滋味,觉得很没面子,嗓子那儿像梗着一个鹌鹑蛋,一句话也不说。

飞飞说:格子你生气了?

格子不响,自顾自往前走。

飞飞说:老飞们在准备飞行呢!

格子说:我不喜欢他们俩。

飞飞问:谁呀?

格子说:苏青丹和吴天翔。

13 飞行训练

丽园的东南面是内场,西北面是外场。外场是前方,有营区、跑道、机窝和塔台——飞行的指挥和通讯中心。

毛泽东的草书“全力以赴,务歼入侵之敌”被醒目地刷在飞行大楼的墙壁上。

空难并没有影响部队的士气。

飞行员们开始进入新空域的训练。南方水网密集,城镇密布,没有明显的海岸线,天海一色,这对飞惯了晴朗天空的北方飞行员来讲,有诸多的不习惯,飞行训练的难度加大,对领航、仪表、地形、气候都有新的要求。

作为飞行战斗团,如果丧失了战斗力,就意味着丧失了荣誉。

在漫长的雨季里,飞行任务接二连三,即使天气恶劣,照常准备、照常进场。

老飞几乎个个是人尖,起码他们自己是这样认为。荣誉使他们蔑视死亡,同时也让他们远离世俗。

他们最大的优点是自负,他们最大的缺点也是自负。

当他们第一次把飞机弄到天空上时,不管当时是怎样恐惧,怎样手忙脚乱,巨大的光环就已经罩住了他们,就注定他们今后不会轻易服输。

他们对飞好第一个架次胸有成竹。

他们时刻准备着,箭在弦上,不放过任何一个好天气。

这个雨季叫他们沉迷,在向往蓝天,渴望飞行之中度过。他们只记住了冲上蓝天的那些时刻,他们关上对讲机,对着一览无遗的太空大啸,抒发内心的豪迈和激情。所有在地面的紧张和努力,都是为了这个时刻的翱翔。相比之下,其他的一切都太苍白,太不重要了。

所以,这个难熬的漫长的雨季,对他们来说,宛如白驹过隙。

浪漫的雨季,又给他们平添了一种豪迈和激情。

14 裴斐和裴军

空气黏稠,四处弥漫着植物的气息,香香的,甜甜的,闲置的女人们在这样万物勃发的季节反倒是无精打采的,变得有些颓靡。

苏阿姨！我妈又病了。

一个卷发的女孩站在格子家门口。女孩白白的,梳着两条长长的辫子,发出的声音十分好听。

苏青丹背起药箱就走了。

孩子们对于季节的变化并不敏感。

格子正在翘着小嘴巴吹泡泡。女孩问:你叫什么名字?格子看着天上飞着的五颜六色的泡泡说:我叫格子,你呢?女孩笑着说:我叫斐斐。

斐斐把格子带到了自己家里。

斐斐的家很大,有三间大房子,但最吸引格子的是斐斐家里有很多很多的小人书。

姥姥说,斐斐的爸爸是副师长。

斐斐十一岁,比格子大四岁。斐斐会唱很多歌,斐斐会唱歌是天生的。

斐斐嗓子好,身段好,她的周围有一帮女孩子,一起唱歌,跳舞。

格子嘟着嘴听斐斐唱歌,不说好也不说坏,就是一副很痴迷的样子。斐斐的哥哥军军这时就会刮格子的鼻子。格子喜欢斐斐，也喜欢他的哥哥军军。

军军是飞机场最牛的男孩儿。他会讲很多好听的故事，很多是他爸爸打仗的故事。

格子最喜欢听军军讲他爸爸打敌机的故事。

飞机场的夜晚有时非常宁静，孩子们经常聚在九曲桥上，或大礼堂的台阶上，有些孩子就会说：裴军，讲个故事吧！这时，裴军会观察一下周围的人数，人若是太少，他是不肯开口的，于是，就有孩子挨家去叫：听故事喽！裴军看到人差不多了，才问：今天想听哪段呀？就会有孩子说：一箭双雕。于是裴军清了清嗓子就讲开了：

1952年3月24日，大孤山机场上空风日晴和。

吃过早饭，我爸就和战友们向起飞线走去，随时等待指挥官的战斗号令，狠狠地揍一顿美国鬼子。

就在他们快走到滑行道时，停机坪那边突然喊了起来："一等！一等！"

起飞线那边顿时像开了锅，人们一起朝飞机奔去。我爸一个健步跳进机舱，打开无线电，穿上保险伞。

这时，绿色信号弹划破长空，地面上"开车！开车！"的喊声响成一片。

一架架战鹰腾空而起，收起落架，按下装弹按钮，右转集合，航向100度向清川江口飞去，我爸和战友组成四机编队，准备投入战斗。

这时，无线电里传出中朝联合司令部刘震司令员铿锵有力的声音："敌机F-80在你们右前方50公里。"

他们迅速把高度下降到6000米，投掉副油箱。此时，我爸的两支眼睛瞪得像包子，机警地搜索着……

"敌机在你们下方，发现后，坚决打！"耳机里又传来了刘司令员坚定的声音。

四架敌机终于出现，我们的三架飞机扑向敌人，我爸作为僚机，在后面掩护战友。就在这时，我爸突然发现下面还有四架敌机，正抬头向我们的三架飞机进攻。情况紧急，报告已经来不及，我爸急中生智右转60度，把机头对准敌机，按下炮弹按钮，三炮齐发，虽然没有击中敌机，但赶跑了他们，保护了战友。这时，我爸的前面又出现四架敌机，他联系不上长机了，只能独自作战。我爸机智地利用米格——15优良的性能和四架敌机周旋，抓住时机，死死咬住一架敌机，三炮齐发，眼看着敌机的一个翅膀被打断，冒着浓烟，翻滚着掉进大海。

这是我爸期盼已久的时刻，也是他有生以来最高兴的时刻，但他没有沉湎其中，他果断拉杆，去追赶另外三架敌机，正当他咬住一架刚准备瞄准时，发现我们正在进攻的战机后面有敌机在瞄准射击，他知道，援助战友比打下敌机更光荣更重要，他毅然放弃了自己的攻击目标，拉起机头，向右前方的敌机开了炮，敌机转60度改平，正好给了他尾部攻击的位置，但他没有急着开炮，他想再靠近些，打它个过瘾的"空中开花"。可是就在这时，情况急转直下，他发现在左后方，一架敌机正在向他进攻，距离最多100米，连敌机机头上画的美人头都清晰可见，情况万分危机，他下意识地做了一个高难度的动作，这时密集的炮弹一大片一大片从他的座舱盖上飞过,但飞机还是重重地震动了一下,他知道被击中了,当他发现飞机的杆和舵都是好的时,气红眼了的他哪里肯罢休,又拨转机头追了上去,一直追到海边,已经看到了飞溅的浪花。敌人的飞机性能好,又都是技术高超的老家伙,硬拼不行,于是,便和他斗智斗勇起来。他终于在300米的距离,找到了一个1/4的进入角,果断地按下了射击按钮,来了个三炮齐射,顿时,敌机就开了花,掉进了大海。但这壮观的景象他不能停留欣赏,马上拉起飞机,这时,他才听到无线电里在大声呼喊他:“815返航,815返航……”

当时,正有八架敌机向我爸这边飞来,在机场的首长和战友们都在为他担心。我方无线电一直在呼喊他,可他在空战那紧张的十几分钟,竟然一句也没有听到。

我爸这时知道,战友们都返航了,只有他还在战区,离自己的机场还有200多公里,显然飞回去,油量不够了,他只好到临近的机场着陆。落地后,检查飞机,吓了一跳,如果飞机上的弹着点再往后一厘米,那他今天就回不来了。

一仗击落两架敌机,我爸威名远扬,他当时只有18岁。

孩子们听完一起给他鼓掌。

军军的爸爸裴大元是战斗英雄,有很多传奇故事,哪一件讲出来都叫孩子们感到不可思议。比如他说他爸爸见过毛主席,孩子们自然都不相信。军军于是就说,你们等着。过了些日子他拿了张照片给大家看,于是孩子们相信了,照片上他爸爸像一个卫士一样站在毛主席身后。

孩子们从此不再怀疑军军的话。

格子问斐斐:你爸爸长得什么样儿?

斐斐说:满脸胡子,怪扎人的。

两人都笑了。

斐斐和军军完全不一样,她对爸爸的事情不感兴趣。

斐斐妈妈程阿姨生得很白,有一张大嘴,人家都说是唱戏唱的。程阿姨总是病恹恹的,额头上带着一个个紫红色的菱形血印,那些血印总是叫格子感到恐怖。

程阿姨不头疼的时候,斐斐喜欢叫妈妈给她梳各式各样的辫子,喜欢和妈妈学唱京剧,这时的程阿姨像是变了一个人。

程阿姨原是北京京剧团唱花旦的,抗美援朝时和梅兰芳等京剧界名流到大孤山慰问飞行员时,她还是京剧界的新秀。她的一折穆桂英挂帅,英姿飒爽,给志愿军们留下深刻印象,她就是那时和战斗英雄裴大元认识的。

裴大元那时刚满二十岁,艺术家们来慰问的那天上午,裴大元正和美国“猎鹰”小分队在空中激战,击落了双料王牌飞行员。放牛娃出身的裴大元,仅读过一年私塾,从第一次看到飞机到上天杀敌,仅用了六个月的时间,在战斗机上累计飞行才二十几个小时。两次赴朝参战,二十岁已经打下了五架敌机。创造了世界航空史上的一个奇迹。

当天晚上,京剧团派最年轻最漂亮的姑娘程元元给裴大元配戴大红花,裴大元和程元元还合了影。

1954 年,裴大元去北京开青代会,在主席台上发了言。会间休息,有一个姑娘来找他,他一看不是别人,正是给他戴花的程元元。两人都是青年代表,于是就说了很多话。晚上搞联欢,大家一起唱歌跳舞,程元元成了裴大元的舞蹈教练。两人虽有爱慕之心,但因为年龄还小,都没有表达出来。那以后,他们开始书信往来,互相鼓舞鞭策。

水到渠成,三年后两人喜结良缘。

婚后,程元元随裴大元转战南北,生生把自己的专业给荒废了,金嗓子成了哑嗓子。

军军经常把他爸爸的勋章偷出来佩带在身上,带领男孩们玩打仗,非常神气。

军军是男孩们的头儿,整天要枪弄棍的,自诩为儿童团团长。军军的特长是投掷,手榴弹、铅球、标枪都是学校里的冠军,就连投石子也是又准又远。

有一阵子机场的孩子总和国界河那面村里的孩子隔河用石子打仗,有次把那面孩子的头打了个洞。结果事情闹大了,老百姓抱着孩子找上门来。

当天晚上,孩子们都在院子里玩,斐斐的爸爸回来了,他果然是大胡子。

裴副师长回来后,裴军被关到了房间里。

裴副师长用皮带抽裴军的时候,听不到裴军的哭声,只听到他大喊:老子英雄儿好汉。门被反锁了,没人能进去,程阿姨去找政委了。院子里的一群孩子偃旗息鼓,大眼瞪小眼,谁也不敢发出一点声响。

皮带啪啪地响着,裴军却不喊了,这时,沉寂的院子里突然暴发出一种尖利的哭声。

格子边哭边说:军军哥哥死了。

于是,院子里的孩子们一起大哭起来。

孩子们惊天动地的哭声终于叫裴副师长住了手。

事后,裴军说,要不是格子,那天我非叫我爸打死不可。

格子以后再到斐斐家,裴军便会说:瞧,我的救命恩人来了。

格子为此骄傲过一段时间。

程阿姨的头疼病越来越厉害,夜里总发出怪叫。姥姥说:斐斐妈妈脑袋里兴许长了什么东西。

程元元的头疼病一直无药可医,折磨了她数年,直到 1972 年师里成立宣传队,开始排练革命现代样板戏《沙家浜》,程元元饰里面的沙奶奶,无奈花旦改唱老旦了,但毕竟是又回到了舞台上,她的头疼病这才慢慢痊愈。

15 金桂桂疯了

部队转场到了南方以后,开局不利。

空难过去不久,王胜飞夜航又出了个二等事故,人是跳出来了,但摔了一架飞机。

在事故调查中,发现飞机残骸比较集中,但王胜却一口咬定飞机撞山以后,他才跳伞。这显然和事故现场不吻合,撞山后飞机残骸的散布面应当很大。

就在要宣布王胜轻率盲目跳伞处理决定的时候,金桂桂突然来找吴天翔,她说王胜真的撞到东西了。

听了金桂桂的话,吴天翔为慎重起见,没有马上宣布对王胜的处理。若定性是轻率跳伞,那后果可就严重了,可能承担刑事责任。果然,没几天,有老百姓找上门来,要部队赔他们山上的树。事故组到现场发现,有 28 棵小松树被齐刷刷削去了头,证明是飞机撞到异物后，王胜才跳伞的。

事故的风波总算平息下去。

这会儿，一家一户的房门都敞开着，程元元和几个家属在凉棚下打牌。

闲置在家的女人们一个个蔫耷耷的，无事可做。

为了打发郁闷的时光，她们三五成群地在凉棚下摆起了牌局，打双升。这些来自北方的女人们大多能抽烟，原先不会的慢慢也被带会了。她们手里拿着牌，老练地用嘴巴叼着烟卷，还能腾出半张嘴来讲话。吸烟使她们的牙齿变黄了，嘴唇发暗了。男人不回来，她们只能乐此不疲地打牌。

金桂桂总是不合群，一个人坐在一个大铝盆前洗衣服。金桂桂整天总是洗呀洗呀擦呀擦呀，天天像在迎接卫生大检查一样。弄完了，便坐在整洁的房间里唱歌，金桂桂不唱京剧也不唱革命歌曲，她唱的都是老歌，缠缠绵绵的，“大姑娘窗前绣鸳鸯”什么的，她不太爱搭理人，别人似乎也不喜欢她，都说她神经兮兮的。

金桂桂洗衣服的时候，格子老爱蹲在旁边，一边听金桂桂唱歌，一边看铝盆里的肥皂泡。金桂桂有时还给格子讲故事，很多故事格子都忘了，但有一个故事格子一直都没有忘。

有一个小偷，到新房偷东西，刚要走，新郎新娘回来了，小偷赶紧藏到了床下，想等小两口睡了以后再出门。小偷等啊等，小两口就是不睡，闹啊闹，闹到了半夜，小两口总算睡了，小偷刚想走，突然听到新娘说要撒尿，新郎说，我把你尿。新郎把新娘撒尿的时候，小偷在床下憋不住，嘿嘿地笑出了声。新郎吓坏了，手一松，新娘掉了下去，把尿罐坐碎了……

金桂桂讲完,自己咯咯地笑。问:你咋不笑?

格子翻着眼睛说:那新娘的屁股不是都烂了。

那边打牌的说:怎么讲这样的故事给小孩子听?

可格子觉得挺好听,并且一直没有忘记,格子结婚的时候,还讲给她的老公听呢!

邻家有个弟弟叫小宝,还不会走路,胖乎乎的特别好玩。

天气热,小宝光溜溜地,身上只扎了个小兜兜。

金桂桂喜欢小宝,没事就把小宝抱过来。金桂桂喜欢孩子挺特别,专门逗小宝的小鸡鸡玩,逗得小宝咯咯地笑得口水直流。让格子惊愕的是,金桂桂动不动就把小宝举起来,亲他的小鸡鸡,噗噗噗地亲出声响,亲得那个香啊!

格子心想:男孩子撒尿的地方,多脏啊!桂桂阿姨那么干净,却不嫌男孩的小鸡鸡脏?

在这个郁闷的雨季,金桂桂终于疯了。格子这才释然,原来桂桂阿姨是疯子,所以和正常人不一样。

金桂桂疯得也怪,不吵不闹,就是要脱衣服,脱得一丝不挂地坐在一尘不染的房间里。天热,门窗都大敞大晾的,围了一堆人观瞻,她一点不害羞,安静地坐在床上,有时还朝人微笑。她也不光坐着,该干啥干啥,依然不停地擦呀洗呀涮呀。家属干事赶来,哄着给她穿上衣服,可衣服一上身,她就尖叫,嚎声凄婉。家属干事无奈,只好派人值班,轮流守候在她家门窗旁,驱赶围观的人群。

无事可干的家属们总算有了一档子事情好做了。

金桂桂的疯癫,几乎和雨季同时结束,不治自愈。准确地说,是王胜回家的这一天。

王胜一进门，金桂桂脸一红，竟然自己把衣服穿上了，嘴里还为自己辩解：我是受不了这热，我实在是受不了……

人们都说，金桂桂的病是因为南方的梅雨气候造成的。也有人说，金桂桂是因为男人疯的。自从部队转场到南方，王胜事故不断，一会迷航了，一会在空中把减速伞给放了，最危险的一次是场内打地靶，首长们都在塔台观看，可能是王胜想在领导面前露一次脸，打出一个好成绩，结果忽视了飞行高度，驾驶杆压得太低，那一刻，飞机像失重了一样，失去了向上的动力。王胜猛拉驾驶杆，飞机怪叫着很不情愿地又冲了上去。那天刚好是吴天翔在外场指挥，他气得脸色发青，马上发出全场停飞的命令。王胜走下飞机的时候，尽管也吓得脸色发白，但还是被吴天翔骂得狗血喷头。吴天翔骂王胜的时候，旁边的人听着痛快，王胜的刺头，只有他吴天翔来剃。王胜平时谁的账也不买，只有对吴天翔服服帖帖。要不是吴天翔，王胜恐怕早停飞了。

金桂桂第二次疯，是“9.13”事件后，1971年年底。

王胜那阵子可真出了名。谁也没想到王胜竟然是林彪安插在飞行师里的黑干将，真是人心叵测，知人知面不知心啊！王胜的罪名确凿，飞行日志上记得清清楚楚，他在1971年3月13日试飞过那架改装的强五战斗机。尽管只飞了个通场，前后不过一刻钟。这事几乎被人忘记了，连王胜自己也想不起来了，可“9.13”以后，在清查林彪死党的运动里，那个飞行日志还是被人翻了出来。

王胜飞过计划用来轰炸毛主席专列的飞机，这事非同小可。尽管王胜反复交代他绝对不知道那架飞机是用来轰炸毛主席的。按理说也是这样，林彪和他的儿子林立果是不会把那么核心的机密告诉给一个普通飞行员。王胜泪流满面地说:我是一个孤儿,毛主席是我的大救星,没有毛主席就没有我的一切,即使是刀架在我脖子上我也不会去谋害毛主席呀!

在事实面前,王胜的话是苍白无力的,在运动当中的人,是不按正常思维思考的。

这次吴天翔没有为他讲话,吴天翔清楚这是政治问题,不是技术问题,他不想引火烧身,何况苏青丹也被牵连到这场政治事件中,正在接受审查。尽管他知道王胜是冤屈的,他也救不了他,他一个人的声音在一场政治运动中是十分微弱的。

王胜被送到南京去上学习班。王胜走后,有一天,金桂桂突然神情怪异,逢人便说:我爱他老人家。程元元觉着纳闷,怎么王胜成了“他老人家”了?于是便问:你爱谁呀?金桂桂说:我爱毛泽东。程元元又问:谁?金桂桂说:我爱伟大领袖毛主席。毛主席人人都爱,歌里也是这样唱的。程元元觉着蹊跷。金桂桂接着神秘兮兮地说:王胜走了以后,我每天和毛主席约会。程元元问:你和毛主席在哪儿约会呀?她趴到程元元耳边悄悄说:在家里。金桂桂说完,陶醉地闭上了眼睛,再不和人讲话。

金桂桂这次疯,没有再脱衣服,只是整日胡说。疯了的金桂桂说出的话惊天动地。

金桂桂说江青总穿灰色中山装戴男人帽子,已经不是女人了,毛主席早就不喜欢她了,她说看来看去,毛主席身边没有一个好女人,真是委屈老人家了。

金桂桂一会儿说:中南海里开满了红玫瑰,鸟语花香……

一会儿又说:毛主席的书房里有很多神仙,毛主席和他们都是朋友,整夜和他们谈话、作诗、写字……

政治部怕金桂桂的话散布出去，有辱我们的伟大领袖，就派家属干事整日监护。

疯癫时期的金桂桂，把大大小小的毛主席像贴满了房间，并且每天晚上都要把毛主席的石膏像放到原来王胜睡过的位置，方能安然入睡。这尊毛主席石膏像金桂桂非常珍爱，毛主席穿着料子大衣，看着远方，像是站在海边的样子，下摆被风吹起，神采奕奕，风度翩翩。金桂桂常常凝视着它，自言自语地说：我喜欢这样高大伟岸、慈祥可亲的男人。

金桂桂的疯话最终还是在家属中间广为流传，倒是叫很多女人暗地里肃然起敬。人们不敢妄加评论此事，只说：金桂桂原本就好比阳春白雪，是个心性高洁的女人，只是不该嫁给王胜。

疯人金桂桂说话无遮无拦，白天想说什么就说什么，夜里神游在伟大领袖身边，现实中的凄风斜雨与她仿佛是无关的。

疯癫的这些日子金桂桂面若桃花、嫣然百媚，倒叫人平添不少羡慕。

16 上　学

八月底，炎热的天气渐渐缓解了，接着，丽园的空气里飘散着一种奇异的香味。

人们发现这种沁人肺腑的香气来自那些细细碎碎的小黄花，它叫桂花。

于是，女人们把它折下来，插在花瓶里、罐头瓶里、酒瓶里，甚至在手帕里、衣柜里都撒上桂花。

九月,“五七”制药厂开工了,家属陆续开始上班。孩子们也开学了。

飞机场没有学校,孩子们要走出机场,到三四里以外的八号桥读书,途中要过桥要走机耕路,雨天道路泥泞,晴天,路上常会遭遇毒蛇。

由于路途相对遥远,学生通常都是结伴而行。

到丽园的第二年,格子上学了。那以后,上学下学,格子成了斐斐的小尾巴。格子有些崇拜斐斐,她喜气、快乐,似乎什么也不怕,程阿姨也怕她三分。裴叔叔那么凶,但对斐斐却总是和颜悦色的。斐斐的好对格子来说有些遥远,她一点都做不来,但却是喜欢。

格子是个奇怪的孩子,难以和人交往,对外界充满恐惧,但一旦认准了谁,又像是一生一世的事。因为敏感,就极易被伤害。格子背着黄书包,每天早早就来到斐斐家门口等着,她不进门,站在路边,有上学的经过,拉她一道走,她都不依。有时,也和别的孩子一起等,偶尔斐斐起床晚了,别的孩子怕迟到,就先走了,就格子不走。格子最怕斐斐生病或请假。

大概是格子上二年级的时候,斐斐走了。

她还像往常一样等在斐斐家门口,等了一会不见斐斐出来,她就往她家饭厅张望,后来,斐斐妈妈出来了,手里拿着一卷红红绿绿的扎头发的蝴蝶结,她说斐斐参军了,是被来部队演出的文工团带走的。斐斐没有来得及告别,只给她留了一卷蝴蝶结。程阿姨说,没关系,斐斐走了我叫军军哥哥带你上学,格子没等程阿姨说完扭身就走了。

那天格子逃学了。妈妈知道后,认为这是一个很严重的错误，打了格子的屁股。

那以后，格子很忧伤地想念着斐斐，怀念和斐斐在一起的时光。

斐斐走了后，苏青丹叫飞飞带格子上学。

上学前，飞飞来到格子家门口等她，然后两人一起走。放学回来也是一起走，早下课的那一个等在还没下课那一个的教室外面，无拘无束地看看光景，游游荡荡，反正那时作业都不多，所以也不急于回家。等那一个出来了，两个人一前一后，一高一矮，开始往回走。

冬去春来，转眼格子小学毕业了，飞飞也升入了高中。

后来一些男孩子开始叫他们“小两口”，还跟在他们身后起哄。格子觉得很丢人，就不跟飞飞走了，但她发现飞飞还是在不远处跟着她，她试图甩掉他，但是很难，格子于是就生气了。等到没人的时候她板着脸小声对飞飞说：

你干吗总跟着我？

你妈妈叫我照顾你。

一提到妈妈格子更加生气，我不要你照顾！

格子往前跑，想甩掉尾巴，跑了一阵，气喘吁吁的，但回头瞄了一眼，发现飞飞还不依不饶地在身后跟着，于是就凶巴巴地说：

你总跟着女孩走，不要脸！

飞飞听到格子的话，脸一下子涨红了。格子也觉得话说重了，但性子里又是不会转弯的，终究没去挽回。

谭阿姨曾问过飞飞，为什么不和格子一起走了？为此谭阿姨还打过他，但飞飞没有吐出一个字。谭阿姨知道飞飞也是个犟头，犟起来十头牛也拉不动。

两家大人碰到一起，说起此事，都觉得也自然，孩子一天天大了，开始有界限了。

那以后，飞飞再也没有来过格子家，即使经过门口，也要绕着走。

他们以后再见面，像不认识一样，两人都低着头，谁也不理谁了，格子和飞飞就那时对立起来的。

但格子心里明白，飞飞对她终究是没有威胁的。

17 自尊和阻隔

格子早晨起来的第一泡尿，一般是在床上尿的。姥姥起床后，总是把痰盂拿到床上来，格子便靠在姥姥怀里，睡眼惺忪地坐在痰盂上撒尿。如果这时恰好被出操回来的妈妈看到，格子就要遭到训斥。妈妈就是看不惯这孩子身上的这些坏习气。

在妈妈的眼里，格子好像一无是处，她总是挑格子的毛病。她会突然检查格子的衣柜，把里面的衣服统统扔出来，让格子重新整理。她说女孩子的衣柜不应是这样乱糟糟的，应当整整齐齐。如果吃完饭，格子去做作业了，妈妈会叫格子帮助姥姥洗碗。最叫格子不能容忍的是，连玩伴妈妈都要限制。妈妈总是说女孩子要文静，不能疯疯癫癫，在她的眼里，很多女孩子是绝对不能一起玩的。

爸爸几乎是看不到的，妈妈偶尔回来，也只是训斥。

妈妈那段时间好像特别焦虑和烦躁。

妈妈的严厉管教，使格子的话越来越少，变成了一个十分内向的孩子。

那天，大礼堂演《红灯记》，演出之前，全体起立，高唱《东方红》。格子站在椅子上，脖子伸得很长，小脸唱得通红，在众多的声音中，她听到了自己的声音，她越发兴奋起来，便更加卖力地去唱，那感觉像是自己在领唱。她知道这是一首严肃的革命歌曲，所以要很认真地去唱。

唱完，她以为妈妈会表扬她，可妈妈却说：满场就听你的破锣嗓子在吼。

格子脸皮薄，眼泪在眼圈里直打转，眼看挂不住了，妈妈的话强烈地伤害了格子。好在戏开始了，没有人注意她。

那天，是首演，家属小孩不许入场。最前面一排坐着师首长，首长后面是穿着皮夹克的飞行团老飞们，再后面是穿黑帆布工作装的地勤机务人员。两边分别是警卫连、汽车连、导航连、场务连、卫生队，很多连队还没排上号。卫生队沾了女同志多的光，排在第一批观看演出。格子是沾了妈妈的光，把门的警卫连战士哪有不找妈妈看病的？那天，大礼堂坐得满满的。

演小铁梅的是县剧团的一枝花，外号叫“小刘长瑜”，因为部队文工团缺少演铁梅的演员，就把她特招入伍了。她每天在湖心岛踢腿练声，总有一些战士在湖边转悠。

那天的演出很成功，李奶奶和李玉和牺牲的时候，小铁梅真的泪水涟涟。

演出结束，礼堂里响起了雷鸣般的掌声。首长上台和演员们握手，这时下面掌声“呱、呱、呱”变得有了节奏。

格子没有鼓掌，她还在生妈妈的气。

格子以后一直不喜欢唱歌，与妈妈的那句话有直接关系。

18 枇杷园里的强奸案

战士王晓生夜里去枇杷园偷枇杷时，看到“小铁梅”僵硬地立在枇杷下，于是报了警。

凌晨时分，警卫连的战士真枪实弹，把枇杷园给包围了。

“小铁梅”被杀了，尸体靠在一棵枇杷树的树杈上，下身裸露，现场旁边只有一条蓝军裤。蹊跷的是“小铁梅”的内裤不在现场。

这件事很快被定性为“5.14”政治事件，是阶级敌人别有用心地破坏革命样板戏的宣传和推广，矛头是直接针对江青同志的。

军部成立了“5.14”专案组，飞机场一时草木皆兵。

出事的那天夜里飞夜行，飞机的动静很大，但还是有人在飞机起飞和降落的间隙，听到了来自枇杷园里的叫声，之所以没引起注意，是因为枇杷园常有野猫叫春。

法医验过尸，“小铁梅”被送到了卫生队，接下来要给她整容和穿戴整齐，等待家属最后告别。这种事，武队长一般要一马当先，其次是苏青丹。在卫生队里论医术，也就他们俩最高，一般有重要的手术都是两人配合。武队长似乎也愿意和苏青丹搭档。

事后，武队长在洗手的时候，若有所思地对苏青丹说：

小苏，你说“小铁梅”要是不喊，她能死吗？

苏青丹却回答了另外一个问题：有人要强暴她，怎么能不喊呢?

你以为喊叫才是自卫吗?

起码是反抗吧!

不!小苏,你说有什么比生命还要紧?

失去贞洁。

黑灯瞎火里,没人知道发生了什么。

可她自己知道。

重要的是她依然活着,依然可以很风光地在舞台上演戏。一念之差,一个如花似玉的生命就变成了丑陋僵硬的尸身。

苏青丹魇在那里,呆呆的样子。

武队长没有再说什么。

苏青丹觉得他今天怪怪的。

专案组调查了一个月,但还是在到底是奸杀还是政治谋杀的问题上争论不休。后来上面来了工作组督办此事,指示说:是奸杀还是政治谋杀不急于下结论,当务之急是要把凶手抓住。从哪里突破呢?就从"小铁梅"的裤衩入手。

专案组会同机场派出所开始了缜密的分析和排查。

分析的结果是"小铁梅"的裤衩一定是被凶手拿走了,它可能在凶手身边,也可能被凶手藏匿到某个地方。

接下来对飞机场干部和战士的床铺、衣柜进行了突击式大搜查。惟独在检查飞行大楼的时候,受到了团长吴天翔的强力制止。

吴天翔一听说专案组要来检查飞行员的房间,一下就火了,他说:我不同意用这种野蛮的方式搜查我们的飞行员宿舍。5月14日我们的飞行员都在飞夜行,凌晨一点撤离机场,两点熄灯,我保证没一人离开过机场和宿舍。

此次大规模的搜查没有得到任何线索。

接下来第一个排查的对象，就是戏里面的“李玉和”。

他真名叫刘兰芳，京剧世家，父母一心想把他培养成像梅兰芳那样的京剧大师，但“文革”开始以后，他们的理想成泡影了，他们于是就让刘兰芳当兵了。没想到刘兰芳到部队以后如鱼得水，很快提了干，还当上了场站司令部参谋。师部在筹备排练《红灯记》的时候，知道他是京剧世家出身，就叫他来试了两嗓子，没想到他一开口，就把满场子的人都震住了。毕竟打小就练过的，一招一式有板有眼，都是功夫。李玉和非他莫属了。

从排练到演出，一晃半年过去了，台上，他和“小铁梅”是父女，台下，他们成了情侣。

那么，“李玉和”为什么要谋杀“小铁梅”呢？

“小铁梅”在被杀之前，《红灯记》剧组面向部队、厂矿和农村，上演了近百场，足迹遍布驻上海、杭州的空军部队、医院和疗养院。剧团圆满完成了宣传、普及样板戏的任务，已经面临解散了。下面抽调的人员自然是哪来的回哪儿，只有“小铁梅”的去向，传得众说纷纭，当然对她的去向最关心的人便是刘兰芳了。

“小铁梅”自然不会再回县剧团了。一种说法是上面要把她调到军部去，因为在观看节目的时候，有一位首长特别喜欢这个“小铁梅”，另一种说法是上面要把她调到杭州空军疗养院去，传说那里是空军首长选妃的地方。刘兰芳肯定是希望她留在身边的，据说为这件事他还找过站长，希望能把“小铁梅”安排到机场卫生队。站长说这没问题，但胳膊扭不过大腿，上面要调我就没办法了。至于“小铁梅”自己的意见如何就不得而知了,但俗话说:人往高处走,水往低处流。以此推理,“小铁梅”肯定是愿意向高处走的。这样分析,她和刘兰芳之间就有了矛盾,如果争执不下的话,就会使矛盾激化起来……所以说刘兰芳起码是有嫌疑的。但专案组调查来调查去,刘兰芳那天夜里确实没有杀害“小铁梅”的时间,而且证人有两个,其中一个就是站长。那天是周末,剧团已经停演了,刘兰芳约司令部另一个参谋去站长家玩,求站长把“小铁梅”留在卫生队的事,就是那天晚上说的。九点半,他们起身告辞的时候,站长突然心血来潮,要去机场边的湿地打野鸭子,于是,站长背着猎枪,他俩拎着弹夹就走了。来到外场,他们就守候伏击起来,巧就巧在那天夜里,鸭子频频光顾,他们一直伏击到天亮,才拎着十几只鸭子回来。

站长说,他可以用党票担保刘兰芳那天晚上没有离开过他。

但在审讯刘兰芳的时候,却意外得到了一条重要线索:刘兰芳说,“小铁梅”通常穿白底带红点裤衩。

专案组的调查又向纵深发展了,他们走遍了剧团所有演出过的地方,排查了上百人,但都无功而返。就在案情陷入僵局的时候,突然柳岸花明了。

“小铁梅”的花裤衩在农牧场的猪圈里找到了。

一天早晨,农牧场的职工老金头正准备喂猪,他发现一头正在发情的公猪在墙角的砖缝里,撕扯出一样东西,他仔细一看,是一条女人的裤衩。他纳闷:猪圈里怎么会有这么稀罕的东西呢?老金头越想越觉得这事蹊跷,就从猪嘴里夺出那东西,搭到了圈墙上。老金头还是放不下这事,于是,就和“5.14”事件联系了起来。这一联系不打紧，老金头认为事情严重了，马上就去专案组报了案。

经刘兰芳辨认，猪圈里的短裤的确是“小铁梅”的。接下来案情就比较简单了。最有可能在那里藏匿东西的人有两个：一个是老金头，另一个是战士赵小川。老金头自然是排除的，那么只剩下赵小川了。

赵小川虎背熊腰、高大魁梧，看上去憨厚朴实。

逮捕赵小川的时候，他穿着防水衣挥舞着长柄铁耙正站在河浜里打猪草。

案情很快真相大白。赵小川一把泪一把鼻涕地交代了案情经过。

赵小川十分委屈地说：都怪公猪发情。

赵小川交代的第一句话把专案组的同志们都逗笑了。

他接着说，每天打猪草、剁猪食、起猪粪，很单调无聊，唯一有意思的是看公猪和母猪交配，看着看着，觉得不过瘾，再怎么地，那毕竟是畜生，于是想看人交配。夜里，他开始在家属区游荡。在看猪交配的时候，他得出结论，长得壮的猪，发情期长，交配的时候动作激烈。于是，他决定先看空勤家属院。飞行员吃得好，身体壮，交配一定很好看。可是他发现每家每户总是静悄悄的，有一次他总算听到屋里有女人哼哼唧唧的声音了，于是他凭经验判断一定有戏。等到他踩着几块砖头爬上窗台的时候，他才发现原来女人自己在和自己做。他很泄气地下了窗台。原来飞行员平时是不回家住的。后来，他终于发现了一个好地方，那里的每一个窗口，每天晚上都在上演他想看的节目。那个地方专门接待临时来队，还没随军的干部家属。临时家属招待所是个四合院，周边荒芜,杂草丛生,刚好掩护他转着圈窥视。他连续观看了三个晚上,那些一年只有一次机会的小两口干起来真不要命了,他光看都看出了一身大汗。他终于得出结论:人比猪干起来激烈多了,而且还有那么多花样。于是,问题又来了,光看他又觉得不过瘾了,他想切身去体会体会。巧了,那天他从临时家属招待所往回走的时候,在枇杷园遇上了"小铁梅",她一直住在附近的军人招待所。黑影里赵小川一看到那个婀娜的身影就不能自持了……他说他并不想杀她,他只是想和她激烈一下,像他刚刚看到的那样,但事情很不顺利,"小铁梅"拼死反抗,并且大叫,夜晚,那叫声很恐怖,好在那天夜里在飞夜行,飞机叫得很响。飞机飞过以后,会有片刻宁静,她便又大叫,他于是就慌了,捂住了她的嘴,求她不要叫,但她还是叫,这回是用鼻子叫,他就又把她鼻子也捂住了,她这才安静了……但到嘴的肥肉不能不吃,于是他脱了她的裤子,把她扶起来,靠在一棵树杈上,按照刚学来的动作,把他想做的做了……

赵小川的最后一句话是:坏就坏在我拿了她的裤衩。

"强奸"这个词,就是这时出现在格子的字典里。

"强奸"像一个巨大的阴影,笼罩在她童年岁月的上空。

她其实并不知道强奸的真正含义,枇杷园发生的事件就是强奸的全部。

黑暗、尖叫、暴力、死亡,还有不可知的恐怖,她就是这样理解的。

事后,疯子金桂桂说了一句话:坏就坏在"小铁梅"瞎嚷嚷,她若不嚷嚷,天还是那个天,地还是那个地。

因为大家都把金桂桂当成疯子看,所以,没人把她的话当回事。

许多年以后，格子对金桂桂的这番话才有所领悟。

19 吴天翔的劫难

1971 年前后，丽园机场的空气突然变得十分紧张。

外场的机窝里多了一架改装过的飞机，据说是从空军某机场转场过来的，用帆布遮得严严密密，静悄悄地像在等待着什么。

春节刚过，枇杷园那面的军人招待所，停了几辆吉普车，来了一个穿黄大衣戴墨镜的陌生年轻人。此人来头似乎很大，但又十分低调，没有到下面看望部队，也没有给部队讲话，仅仅说要到外场看一看。于是外场进入战备状态。警卫连开进机场，就连卫生队的救护车也进了场。

年轻人走到哪里，师长都是毕恭毕敬陪着。

当天吴天翔他们团的飞行计划取消了，年轻人去外场自然不是去视察飞行，而是去打猎，并且狩猎的方式特别，没有听到枪响，只看到两辆吉普车拉着一张大网，在外场的草地上来回疾驶，有几只倒霉的野兔子被网住了。

年轻人走后，人们才知道，他就是林彪的儿子林立果。被认为是天才、超天才、全才的林立果，二十二岁就已经荣升为空军党委办公室副主任兼空司作战部副部长了，当时在空军可以“指挥一切，调动一切”，已经是中国空军的掌门人了。

事后，吴天翔在公开场合不屑地说：一个毛孩子，哪儿来的那么大的架子?

偏偏他讲这话的时候,王胜在场,王胜马上敏锐地意识到,他的机会来了。王胜这些年来苦就苦在飞行技术不行,但他有他的强项,他的政治嗅觉敏感,他认为在原则问题上,在大是大非问题上,是没有什么好顾及的。

吴天翔没想到,一句平常的话,竟被人做了大文章汇报给了师里。

师长找吴天翔谈话,起初怒发冲冠,指着他的鼻子说:一个团级干部,政治上居然这么糊涂!你令人失望啊!

师长最后说:这事就到此为止了,我担着了。

果然像师长讲的,吴天翔没有再受到追究。

很快,班子调整,师长到军里当副军长,裴副师长接任师长,吴天翔到师里当副参谋长。虽然是平级移动,但是个闲职,等于被挂了起来。

师里早有传闻,说他要提副师长,就多说了一句话,副师长泡汤了。

吴天翔终归还是感激师长,若汇报上去,一味追究下去,搞不好要停他的飞,那他恐怕就彻底完蛋了。

不带飞行团了,没有压力了,吴天翔的生命一下进入低谷。

吴天翔在家的时间多了,这本来应是好事,但他整日闷闷不乐,苏青丹倒反不安起来,于是就说:去钓鱼吧!

吴天翔说:你又不爱吃河沟的野鱼。

苏青丹说:格子爱吃呀!她像猫一样喜欢腥味。

见吴天翔不说话,苏青丹便忿忿地说:谁都有走麦城的时候,我就不相信一句话就能叫人毁了!

20 场上春风得意

师里要成立一个篮球队，准备参加军区空军的巡回比赛。

吴天翔此时被晾在一边正尴尬着。一天师长找到他说，你去吧，你当队长兼教练怎么样？吴天翔看了一眼师长，马上领会了老团长的良苦用心，一阵感动却说不出口。只是说：眼前气氛真叫我郁闷，正好借此机会出去散散心。

说归说，吴天翔做事依然是风风火火、雷厉风行。他开始紧锣密鼓在全师招募队员。过去几个打球的转业的转业，复员的复员，要在短时间内拉出一队人马，看来也不是一件容易的事。飞行员整天在球场上泡着，球艺高超，自然是主力，但还要兼顾场站和地勤机务。消息一传开，没想到来找吴天翔报名的人很多。吴天翔说，这不是义务劳动，凡报名就可以参加，这是篮球比赛，篮球队员在体能上有特殊要求，另外头脑要灵活，是骡子是马，光说不行，要拉到球场上遛遛看。

吴天翔开始通过比赛选拔队员。

果然奏效，篮球队很快组建成功。

一天，王晓生嬉皮笑脸地找到吴天翔，央求说，带上我吧！吴天翔看了看他说，你不是被淘汰了吗？王晓生伸了伸他细长的脖子说，我觉得你们篮球队缺少一个像我这样的队员。吴天翔终于笑了，你看你长得像棵大头向日葵似的，我这里派不上你的用场。王晓生狡黠地笑了，他又往前凑了凑说，别看我身上没劲，我嘴上有劲呀，球场上有用得着我的地方。吴天翔不看他，看着别处说，我不需要骂娘的。王晓生往吴天翔跟前又凑了凑,神秘兮兮地说,你瞧你说哪儿去了,我没那么低级趣味,我是说球场上一定要有一个能扰乱敌方军心的人,我就是那个人选。我会捣乱,叫对方球投不准。吴天翔被他逗笑了,问,你是不想喂猪吧!王晓生也笑了,你看我球场表现吧!

吴天翔抓练球像抓练兵一样严格,除了进攻防守之外,还练习了一些绝招,以防不测,其实,无非是飞行员平时在球场上玩的把戏,把篮球当做魔术耍,但用在比赛上有时很奏效。队员们进步很快。

王晓生虽然不是主力队员,但他比主力队员还卖力。每次训练之前,他前前后后忙着给队员在后背上写号码,有时写腻了,就喊,全体队员们,都听着,投这边篮筐的穿背心,投那边篮筐的都脱了,光膀子。一旁的吴天翔说你这是干啥?王晓生得意地说,省的他们净传错球,这样他们就不会瞎传了。比赛时,王晓生基本上上不了场,但他并不是像其他候补队员那样甘于在下面坐冷板凳,只见他拎着一个破锣,站在教练吴天翔身旁指手画脚,球一传到自己队员手里,他就开始咣咣敲锣。球员一下场,他马上递水递毛巾,见他如此卖力,队员们都给他叫“场务”。

吴天翔笑着说,你小子真是来混饭吃的。说归说,但心里倒是挺喜欢王晓生的。

吴天翔带领的球队最后竟然闯进了决赛,是一方面说明吴天翔的战术布置巧妙,另一方面是队员们配合得好八仙过海,都发挥出了自己的强项。

频繁的比赛叫吴天翔几乎忘记了烦恼。接下来的决赛在上海举行,决赛的两个队,一个是强击机师,一个是轰炸机师。吴天翔带领队员们浩浩荡荡开进了军部球场。两个队分别在两个紧挨着的球场练球。飞轰炸机的仗着是自己的地盘，生得又都人高马大，骄横傲慢，气焰嚣张，根本没把飞小飞机的看在眼里。吴天翔把王晓生叫过来，交代了几句，转眼就见他坐在了对面的球场上了。看来接下来是场硬仗，吴天翔在草地上散步，目光却看着对面的球场上，试图通过观察寻找出对方的破绽。吴天翔的目光几乎没有离开过对方那个大个子，据说那家伙是军区篮球队下来的。

王晓生在对方的场地上呆了一个上午。中午吃饭的时候，吴天翔问他，你获得什么情报了？王晓生眨巴着眼想了想说，你看人家穿得多神气，我们是不是每人也弄套运动服穿穿？吴天翔一听就摔了饭碗，骂，他妈的，你以为穿上运动服就能赢球了？王晓生自然觉得很没面子，哭丧着脸说，你看我还没说完呢，那好马总得有好鞍吧！

决赛那天，双方运动员列队刚走上球场，场下就爆发出一阵哄笑。王晓生在一旁小声嘀咕，你看看，不听我的，傻了吧！你看看人家，一色的大红运动服，白色的号码，多神气威武，你再看看咱，穿得花花绿绿的，有的干脆就穿黄衬裤上场了。衣服上的号码依然是用粉笔写上去的，而且队员的外形也不均匀，胖的瘦的高的矮的参差不齐。球场上的阵势很像正规军遇上了杂牌军。

场下起哄的时候，吴天翔却暗自笑了，他在心里说，骄兵必败。这场球，他是动过脑筋的，并且做了周密的部署，硬拼肯定不行，其中最绝的一招是他起用了王晓生，让他走上了决赛的赛场。他指着对面的球场对王晓生说，你看到那个大个子了吧？王晓生说看到了。吴天翔说他是他们队的灵魂，也是主要得分手。王晓生说我知道。吴天翔说擒贼要先擒王。王晓生说，我知道这是三十六计其中的一计。吴天翔说你看了半天发现他有什么致命破绽和弱点吗？王晓生说，他妈的他仰仗是大球队下来的，盛气凌人，不把咱放在眼里。吴天翔说，对，他气焰嚣张火气必然就大，我们就是要利用他这个弱点叫他发火，叫他阵脚大乱。王晓生笑了，说我明白你让我上场的意思了。吴天翔又说，我让铁塔和大志看死他，我跟他们说了，不要怕犯规，也不要怕被罚下场，我保证他只要有三个球投不进，就会发毛，这时就看你的了，你不是嘴上有劲吗？你的任务就是在场上煽风点火，再往火上浇油，叫他埋怨他们自己队员，叫他们起内讧。他们军心不稳，就给我们创造了机会。

王晓生那天在场上极尽鼓惑之能事，把大个子真的惹火了，后来就像吴天翔预料的那样，主力被罚下场，阵容就乱了，于是兵败如山倒。

吴天翔带领的强击机队获得了军区空军篮球比赛的冠军。这几乎出乎所有人的预料。

东边日出西边雨，吴天翔官场失意，球场却春风得意。

21 “9.13”事件

人们做梦也没想到的事情发生了：一夜之间，林彪的画像在飞机场所有的墙壁上都被抹去了，还有他那著名的四句话。

人们知道，上面一定是出大事了。

红头文件是一级一级传的，很快就家喻户晓了。

紧接着，自上而下声讨“林彪反党集团”运动开始了，并迅速席卷全国,声势浩荡。很快,全国人民的嗓子都汇成了一个声音:声讨林彪!

师里本想把吴天翔当成一个反林彪的典型树立起来,但是被吴天翔一口回绝。上面来人做他的工作,吴天翔说:我又不是孙大圣,没有火眼金睛,那句话不过是随便说说而已,不是觉悟高,也不是有先见之明。

裴师长是他的老团长,对他十分了解,于是说:一个搞飞行的,当了典型就要四处去开会,哪还有精力搞训练?

“9.13”事件以后,吴天翔所在的军是重灾区,埋藏着很多林彪死党。军长、政委都被抓了起来,还抓了很多党羽,很多人稀里糊涂卷进去了,老师长也被隔离审查了。王胜也进了干校。

人们这才知道,政治是恐怖而又险恶的。

接着,人们听到了很多毛骨悚然的事情。

原来外场机窝里停着的那架神秘飞机是“571”工程的一部分,是用来轰炸毛主席专列的。

那段时间,丽园机场空气十分紧张,上面频频下来工作组,格子听说很多同学的爸爸是林彪死党。

但谁也想不到苏青丹也受到了株连。

1970 年,苏青丹作为女代表,参加了军区空军的党代会,会上传达了林立果的“讲用报告”,并且狂热吹捧,甚至说林立果的报告是第二个《共产党宣言》,是马列主义发展史上的第四个里程碑。会议期间全体与会人员还和林立果合了影。林彪事件后,那次会议定性为“黑会”。

也巧了,林立果去丽园机场抓兔子的时候,上面命令机场进入战备保卫状态,那天派往外场的值班医生恰巧也是苏青丹。

为这两件事，有人怀疑苏青丹和“571”工程有关，便开始对其进行审查。

其实，对她个人的审查苏青丹并不放在心上，她担心在这关键的时刻影响了丈夫，不能叫吴天翔刚走出劫难又入泥潭。

22 开荒种地

家里的粮食开始出现短缺。

过去，苏青丹总是找可靠的人，到附近农村买一些议价大米，怕人看到，等到天黑以后送到家里来。当时，国家对粮食实行统购统销政策，这样购买粮食叫投机倒把，被抓到党内是要受处分的。但孩子大人要吃饭，虽然提心吊胆，却也是无奈。

户口上只有两个孩子的口粮，共计每月不到五十斤，三个人吃显然不够。自从苏青丹被审查后，她不敢找人买大米了。

格子跟着姥爷开荒种地。

在内场和外场之间，有一大片苗圃，一些树被挖走了，便留下一片片坑坑洼洼的荒地。

格子放学回来，总是先到苗圃看看，星期天，就泡在那里。

格子和姥爷先平整出一块土地，种了一片地瓜，然后他们又平整出一块，种了一片油菜。姥爷说，等打了籽去换菜油吃。他们还种了一块蚕豆和一块玉米。

姥爷对格子说，我们种地的事，你不要到外面去张扬，我们别再给你妈妈添麻烦了。

苗圃是一个很僻静的地方，平时很少有人在那里经过，姥爷是怕别人看到才选在这里开荒种地的。

姥爷在地头用树枝给格子搭了一个凉棚，格子可以在里面看书和写字，但格子做好作业就去帮姥爷的忙。

姥爷干活的时候，格子帮姥爷倒水。格子还会卷烟，姥爷就爱抽她用大众烟丝卷的烟，姥爷说吸口好，不紧也不松。

那段时间，苗圃成了格子的乐园，但有时，格子也会伤心的。

姥爷挥动着沉重的四齿耙，一下一下地翻动着泥土，格子真是心疼姥爷。姥爷真瘦啊！身体都瘪进去了。舅舅们还一定以为，姥爷姥姥在这里享福呢！其实他们在这里连口粮都要靠自己。想到这里，格子就有些难过，也有些生妈妈的气了，但气归气，都是藏在心里的，她是不会和谁说。她还不到会诉说心事的年龄，她和妈妈的疏远，就是这样一点一点的积累起来的。

23 下乡支农

苏青丹在接受审查的那些日子里，外表平静，似乎比平时更加注意着装。长发被精心地编起来，盘在脑后，军帽外面不留一点乱发。军装都是熨过的，里面的衬衣也从不马虎。翻领女式军装，领口下要露出一个三角。那时，女兵们也只能在这个三角里面发挥一下，不懂美的人乱发挥一气。苏青丹就很懂，她专门穿上海产的小翻领的确良衬衣，做工好，式样也好，领子翻出来挺刮，颜色也是精心挑选的，要么素气，要么雅气，反正都不俗气。

她不停地告诫自己要挺住，不能显出心虚的样子，但内心却是极其忐忑不安的。她已经听到吴天翔要提副师长的风声了，怕因为自己的错误连累了丈夫,葬送了他的前程。

苏青丹决定和吴天翔划清界线,在接受审查的日子里不和吴天翔见面。

一天,她找到武队长,说:

让我下乡支农吧。

武队长说:在接受审查期间,上面不会允许你离开的。

她早有准备,说:我可以每天写思想汇报。

武队长说:上面要求每天写一份检查呢!

她说:知道,我晚上回来写,不会耽误。

武队长关心地说:你一个女同志,每天来回要走十几里的路呢!

她苦笑了一下,说:没关系。

武队长还是惜香怜玉的,给他联系了一家最近的公社医院。

机场水塔上高音喇叭里的起床号一响,苏青丹就出发了。

苏青丹步行了一个小时,看到了两排平房,灰砖墙面上用白灰刷着八个大字:救死扶伤,治病救人。她知道,医院到了。她先找院长报了到。院长梳着油光锃亮的大背头,坑坑洼洼的黑脸膛上也是油亮油亮的,小眼睛上挂着副金丝边眼镜。

院长握着苏青丹的手一直没有松,说:太好了,我们正愁人手不够呢!解放军就是"及时雨",是我们最可爱的人。说完,他才想起来松开苏青丹的手。

院长领着她来到了妇产科。

妇产科门外排了很长的队,走进门诊室的时候,一个女医生正在训斥一个妇女:怎么又是你?不是已经告诉你了吗?怎么弄进去的,就怎么弄出来。那个妇女看起来四十几岁的样子,乞求着说:医生求求你了,帮帮我,我疼得受不了。医生说:你知道受不了干吗还要做那种事?我看你还是受得了。医生喊:下一个。

院长朝苏青丹笑了笑,解释说:穷乡僻壤,什么疑难杂症都有。先委屈你在这里帮帮忙,你看行吗?苏青丹微笑着说:我是来向你们地方医院学习的,我服从院长的分配。

苏青丹看了几天门诊。农村有些病例,过去她看也没看过,一般不到挺不过去不来就诊。有一个五十多岁的妇女来看病,检查时,苏青丹发现这个妇女的会阴扯开了一寸多长参差不齐的口子,几乎和肛门连到了一起,子宫几乎全露在外面,血肉模糊。苏青丹问:你生了几个孩子?妇女说:六个。她又问:会阴从来没缝合过?妇女说:没有。苏青丹说:你必须做个小手术,把会阴修补一下。妇女一听说要做手术,掉头就走了。她追出去的时候,妇女已走得没影了。旁边的医生对她说,在农村,这种病例很多,妇女大多在家生产,产后不缝合,常年繁重的劳作,使她们大多患有子宫下垂和脱落。

苏青丹在就诊时终于动员了几个妇女,她们同意做手术。苏青丹亲自为她们做了会阴修复手术。

不久,就有做完手术的妇女,带一些自制的年糕和鸡蛋来看她,并拉着她的手说:感谢亲人解放军。

几个月来,她孤寂的心总算得到了一些慰藉。

有一天快下班了,她在走廊里看到了一个女人,痛苦地缩在角落里。女人见她走过来,一把抓住了她的裤腿:苏军医,救救我吧。苏青丹打量了一下女人,虽说脸色蜡黄,但鼻子眼睛还是清秀的,她突然想起来了,面前的这个人,就是第一天看到的那个遭医生训斥的妇女。她说:你跟我进来吧!

她给女人做了检查,发现女人子宫里有金属异物。她带她进了手术室。为了缓解女人的疼痛,分解她的注意力,她和她聊起天,苏青丹问:

你知道里面是什么吗?

女人说:知道。

怎么会发生这种事呢?

她感到女人的身子抖了一下,突然变得沉默了。

苏青丹说:你不说我也知道,这大概不是你的错。

女人哭了,说她命苦,守寡十几年了,一直被大队书记霸占着……这几年他老了不行了……就使出一些下作的手段……

女人的话令人发指。

苏青丹说:他这是性虐待,你可以告他。

女人说:谁敢告他,除非我不想活了,再说,遭他欺负的女人不只我一个……

苏青丹终于从女人的子宫里,取出了一个锈迹斑斑的手电筒盖子。她真是佩服这个女人,她自始至终没哼一声。苏青丹见女人非常虚弱,就把别人送的松糕和鸡蛋送给了女人。

手术完,苏青丹长长舒了口气,女人身体里的隐患总算取出来了,不会再痛了,女人今晚可以睡个好觉了……

24 忍　　辱

苏青丹从医院走出来的时候,天已经快黑了。

一天下来,大小手术做了十几个,她感到又饥又累。想到晚上的汇报，便抓了两块松糕，匆匆往回走去。

上了小路，没人了。正当她边走边啃松糕的时候，突然有个人挡住了她的去路，她想叫，但嘴里塞满了东西。定神一看，竟然是吴天翔，想问他为什么会在这里，可嘴里的松糕却怎么也咽不下去了……

吴天翔大概是等了很久了，他已经一个多月没有见到过苏青丹了，见到妻子这副狼狈相，他的心像被刀戳了一下，一句话也说不出。

还是苏青丹先说了话：你还没吃晚饭吧？

吴天翔说：青丹，你瘦了。

苏青丹说：我这还有一块松糕，是老百姓送的，可甜呢！

吴天翔突然抱住苏青丹，说：青丹，我不要你为我受委屈。

苏青丹忙擦掉眼泪，说：谁说我受委屈了。

吴天翔说：青丹，我对不起你。我娶你是要叫你幸福，可现在却要你为我忍辱负重。

苏青丹说：你今天怎么了？

吴天翔说：青丹，你不要吃这个苦了，大不了我带你回老家。

苏青丹终于抑制不住地哭了……哭够了，她说：我们不能打退堂鼓，我相信一切都会过去的。

苏青丹依然每天踩着起床号出门，她相信她的问题会有一个说法的。

公社医院的病人真多，几乎每天都要做几个手术。

一晃数月过去了。

乡间的小路，她已经走熟了。这天，在经过一片桑树地的时候，天已经完全黑了，好在月光皎洁，星光闪烁，脚下是一条蜿蜒的白色小路。连续多日，她的心情从没这么好过。她看了看天空,心想:怎么没有听到飞机响呢?这可是飞夜行的好天气啊!多美好的夜晚!她感到她的厄运就要结束了。记得上次汇报完,武队长对她说:他们对你是不公正的,我已经为你说了很多好话,看来你的问题就要解决了。

桑田里,突然飞起几只乌鸦,呱呱叫着。她正感觉蹊跷,身后已有人将她牢牢抱住,她起初惊喜,以为是吴天翔又来接她了,就说:别闹了,弄痛我了。可后面的人非但不松手,反而把她勒得更紧。她知道不好了,本能地挣扎了几下,当她认为是徒劳的时候,她就不再顽抗了,她甚至都没有叫。在这荒郊野外叫有什么用?她的手臂被反锁在身后,那人紧贴着她,手臂从后面一上一下将她的身体牢牢控制着。他们就这样屏了一会儿,倒是苏青丹说话了:我不知道你是谁,我也不想知道,但我知道你想干什么……你想干就干吧!我不想和你鱼死网破,多没意义呀!她感觉那人勒住它身体的手慢慢松动了一些,其中一只手开始抚摩她的乳房,这时,她的手臂已经从身后抽了回来,她没有徒劳地去阻止那人对她乳房的侵犯,而是从口袋里掏出一块白手绢,递给身后的人说:你先别急,你恐怕不想让我知道你是谁吧?其实,我也不想知道你是谁。你先用它把我眼睛蒙上,然后,你再做你想做的也不迟……

那人倒真的按她说的做了,然后,抱起她走到桑田的深处……

25 劫难过后

苏青丹失踪了。

苏青丹是在她的问题宣布结案的这一天失踪的。

苏青丹虽然只失踪了一天,却传得沸沸扬扬的。

这天一大早,南胡公社的一群妇女敲锣打鼓地来到机场卫生队门口,送来了一面锦旗,说是来感谢好军医苏青丹的。于是,队长就给公社医院挂电话,叫苏青丹马上回来,一是叫她来接受锦旗,毕竟这也是卫生队的光荣,另外,他还有好消息要告诉她。没想到公社医院那面说,他们也正在等苏军医来做手术呢!她上午就没来过。

这种事从来没有发生过,队长的脸色有些不好看了。他马上派了一些人分头寻找,他特意交代,要沿着苏青丹去公社的小路仔细寻找。

到了傍晚,依然没有一点音信。

吴天翔得知苏青丹失踪的消息后,回到了多日没回的家中,两个老人一脸的木讷和惶恐。姥姥说:也不知发生了什么事,这些日子她就闷闷的,一回来就朝格子没好脸。吴天翔问:爸和格子呢?姥姥怯生生地说:他们爷俩在苗圃种地哪!

吴天翔来到苗圃,看到一老一少汗流浃背地正在地瓜地里翻秧呢!他吃惊地发现这里居然种了这么多农作物。

她看到格子长高了,黑瘦黑瘦的,一脸的倔犟,见到他居然什么也不说。

姥爷见到姑爷来了,停下了手里的活,不好意思地说:闲着也是闲着,干点什么手就不痒了……

两个人站在地头说话,吴天翔掏出烟,刚想递给老丈人,格子抢先一步给姥爷递上了一支她圈的烟丝,并熟练地用火柴给姥爷点上火。

吴天翔看到这一老一小的默契和亲昵,陡地生出一些羡慕,于是,也凑过去,说:格子,给爸爸也点上。格子一扭头就走了,看也不看他。

吴天翔被晾在一边有些尴尬。还是丈人给姑爷点上了火。

苏青丹是晚上乘机场的班车回来的。她在往家走的路上,竟然碰上了武队长,队长说我们找你一天了,你去哪儿了？苏青丹说是出去散散心。背对着路灯,武队长看不到苏青丹的表情,很小心地说:回来就好回来就好,你还不知道吧？你的问题有结论了……都过去了……

苏青丹在黑影里长长地"噢"了一声,就走了,她听到队长在她身后说:公社那面就不要再去了,明天你休息一下,后天回队里上班吧!

苏青丹走到家门口的时候,看到父母房间和自己房间的灯都亮着,她知道吴天翔回来了。她先进了父母的房间,格子已经睡了,母亲说:你要是看我们不顺心,我们带格子走好了。苏青丹说:妈,看你说的,你看我给你和爸买什么了,赶明儿你和爸一人做一个褂子穿。苏青丹把一包料子和给格子买的大白兔奶糖放到了母亲的枕边。

苏青丹走进自己房间的时候,看到吴天翔在抽烟。就说:对我的审查结束了,下星期我要回队里上班了。

吴天翔从后面抱住她,贴着她的耳朵说:我副师长的命令下了。

苏青丹听后一阵释然。

吴天翔问:你去哪了？也不请假,卫生队的人四处找你。

苏青丹说:我去上海了,去买几件衣服。

苏青丹把衣服比在身上，让吴天翔看，吴天翔不看，说：家里粮食不够吃，爸和格子在开荒种地你知道吗？

苏青丹本来是想撑到底的，就像什么都没发生过一样，后天，把自己打扮精精神神去上班，她依然是从前那个端庄漂亮的苏青丹，可就在这一刻，她撑不住了，她垮了……

苏青丹几乎哭了一夜，哭得天昏地暗，无论吴天翔说什么都不管用。

26 王晓生的爱情

王晓生正在长个，人显得单薄，军装穿在身上逛逛荡荡，头像从衣领里冒出的长梗蘑菇，东张西望，看起来有些滑稽可笑。

王晓生是个爱看热闹的人，哪里有热闹，他必然就在哪里出现。

王晓生十二岁那年想当兵，招兵的像敲西瓜那样敲敲他的脑袋说，你还没长熟哪！没要他。第二年，招兵的又来了，他知道后，拿了一块砖头，站在军区大院篮球场扬言，谁不让他当兵他就砸谁家玻璃。他一直吹牛他就是这样当上了兵。其实，是他爸爸给他走了后门。他老爸是战斗英雄，朝鲜战场上打下过美国鬼子的飞机，他管教儿子也采取打美国鬼子的办法，但很不奏效，他儿子更加变本加厉地调皮捣蛋。他爸送他当兵是想叫部队继续收拾他。王晓生十三岁就穿上了军装，他那时当兵就是想逃避他爸的军阀管教。

王晓生到部队的第一天就出了名。他去打饭，炊事员看他人小,给他盛的红烧肉比别人少。他不干,问为什么比别人少?炊事员说:就给你少了怎么的?他二话没说就把饭碗扣到了炊事员头上。

按理,王晓生可以分配到一个有技术的连队,比如汽车连、有线连、导航连,可他爸来过电话,说哪个连队艰苦就把他放到哪里,于是他就分到了农牧场。这里的活很杂,养猪种地,做豆腐酿酱油,唯一的好处是纪律约束少,干好活就可以四处溜达。

那时机场农牧场每个星期天早晨都杀猪。猪一叫,大人们就唤小孩儿们起床去排队买肉。煮沸的沥青在一口大锅里发出难闻的气味,家属孩子们在旁边排成离离歪斜的长队。这时,格子就看到他了,细细高高地杵在那里。大概是因为军装领口大的缘故,脖子显得特长,总像是在伸着四处张望。干活的人一般都穿高帮套鞋扎一条黑皮革围裙,身上水叽叽的。他不干活却也把裤管挽得老高,大概是怕杀猪的脏水弄脏了裤子。猪杀好后,便放在大锅里,把煮沸的沥青浇在猪毛上,然后把猪抬出来放在案板上,把沥青刮掉,这时猪像刚从澡堂子出来一样,一下子变得雪白。然后,把褪了毛的猪吊在一个铁钩子上,用一把锋利的尖刀,从猪脖子那里划下来,就看到猪下水冒着热气,哗哗啦啦地流到了下面的木盆里,紧跟着会有一股难闻的气味散发出来。他总要全神贯注看完全过程以后,才拿着一沓纸条走到格子他们这边来。他清了清嗓子后,说:家属小孩注意,都按次序排好队,我要发号了。谁要夹心,我就把他给扔到沥青锅里褪毛。他说话时并不带凶相,其实就是想逗小孩们乐乐,但他自己不乐。因为他会逗乐,很多小孩喜欢他。他开始发号,发到女孩时,速度就快一点,微微有点脸红。

春天，梧桐树下簇拥着很多孩子，树上的人在剪枝，孩子们抢了树枝拿回家烧火。

格子抢不到，偶尔有落在眼前的才仓促地拾在手里，怅然地立在一边。

树上剪枝的是农牧场的，他们干活的时候通常都不戴领章帽徽，所以也就分不清他们是军人还是职工。王晓生就喜欢当孩子头，他在树上高喊：谁叫叔叔我给谁！于是下面孩子都大声叫他叔叔。格子远远地站在一边，心想：叫也白叫。

王晓生于是就看到了远处站立的小姑娘。他从树上下来的时候，手里捏了一大把枝条，在孩子们众目睽睽之下，走到女孩面前，用幽幽的黑眼睛看着小姑娘。姑娘接了过去，内心虽是感激，脸却红了，不敢看他的眼睛。王晓生又上了另一棵树，留了一把枝条在手里，可树下的女孩子却不见了。

女孩本能地回避着异性，以为他们什么都是不好的。

男孩其实也是不懂，只是心思阻拦不住。女孩清纯明丽，像花草般叫人怜爱，就是想为她做点什么。

格子和桂桂阿姨去豆腐房买豆腐，豆腐没做好，她们就在一旁等。格子看到王晓生在里面晃悠，别人身上湿漉漉的，他依然是干干净净的。格子觉察到王晓生在看她，心里很不自在。豆腐做好了，一板一板用杠子压着，直压到隔板下面不滴水了，才起板。一直呆在一旁的王晓生开始给豆腐拆包，然后再把豆腐用铝板划成一块块的，每块三分钱。王晓生在划豆腐的时候，手上的铝板偏了一下，划出的豆腐明显的有大有小。旁边有人说话，怨他不公平。他停下手里的活，看着人家，振振有词地说：你把你的五个手指伸出来看看，一样长吗？看他蛮横嚣张的样子，别人也不愿招惹他。落在格子盆里的豆腐总是特别大。这一切,桂桂阿姨都看在眼里。回来的路上,桂桂说:这女孩子长得俊,连买的豆腐也比别人的大。格子不响,“哐”的一声就把豆腐扣到了桂桂盆里,脸涨得通红,真的生气的样子。桂桂阿姨也不恼,笑嘻嘻又把豆腐分了出来。格子说:你以为我愿意占这小便宜? 他讨厌! 还真是的,眼睛里竟冤出了泪水,桂桂就看不懂了。

那以后,格子再不愿去农牧场了。

其实,王晓生并没在农牧场呆多久,很快就分到了有线连。

王晓生在飞机场混了八年,有线连是他呆得最长的地方。

王晓生到有线连没多久,就改叫老三了,意思是指导员老大,连长老二,他老三。除了点名以外,连指导员、连长也都喊他老三。渐渐他的大名就不再有人喊了。

老三的活动范围并不仅仅是连队,大部分时间是在飞机场四处逛荡。指导员和连长换了好几茬,他一直是个兵,直到复员都没入上党,但“老三”的地位从没改变过,这很让他引以为荣,能长久地排行老三也只有他王晓生。

老三当兵的时候,他自己说刚好学到正负数。据说他爸爸给部队首长来过信,让部队领导严格管教,但这面的领导理解有偏差,以为要他们特别关照,遂推荐他去上军校,但没想到被他自己拒绝了。他有自己的算盘,上学可就不是混了,上学势必就要考试,一考试他就露馅了。他权衡了一下,认为凡事都要扬长避短,还是在部队混下去比较有利。他文化虽然不高,但头脑机灵,人缘好,还爱出点子,谁有困难都愿意找他,所以上上下下结交了很多朋友。

连长老婆探亲来了,但连长老在连队转悠不回家,他觉得这里面一定有事，于是问连长：

嫂子来了，咋不回去？

老二上长了个疮。

碍事儿吗？

咋不碍事？疼。

老三想了想，这事他没遇过，但他想起以前他屁股上生疮，涂点紫药水就好了，于是就说：

上点紫药水。

管用吗？

不试怎么知道管不管用？

他骑着连长的自行车，到卫生队要了瓶紫药水。

过两天连长老婆请他去吃饭，吃饭的时候老看他笑，他知道紫药水管用了。

27 无知的烦恼

自从“小铁梅”死后，格子走路总是绕开枇杷园。

现在，“强奸”是格子有限词库中最阴险恐怖的一个词。她认为“强奸”比“死亡”要可怕得多，如果哪一天，她面前只有这两条路可走，那她会毫不犹豫选择死亡。

金桂桂每次见到格子，总要端详个够，然后说：这丫头专往好处长，一天一个模样。

格子听后不好意思，心里却是欢喜的。

格子几乎是班级最后一个来月经的。斐斐发育早，十一岁时，突然发现自己下面流血，非常恐怖，但又不知如何对妈妈说，恹恹地像生病的样子。妈妈问时，不好意思直说，一会说头疼，一会说肚子痛，一会又说发烧。妈妈一次次带她去卫生队看病，终是没有查出是什么病，后来妈妈发现了床单上的血迹，才明白是怎么回事。因为是有前车之鉴的，所以格子乖乖地跟妈妈说：我来那个了！妈妈一听就明白了，转身就拿出了两个卫生带和一卷卫生纸，像是早就准备好了。

格子很自觉地把自己当成大姑娘了。伴随着身体的成熟，她越发惧怕异性，总以为他们对她是一种威胁。格子到底是不知男女之间是怎么回事，有些东西，因为不懂，所以畏惧。

路上看到对面有男孩走过来，老远就低了头。在学校，她甚至不坐男孩子坐过的椅子，她以为男孩的东西都是不可近身的。

暑假里，飞机场游泳池中午和晚上对学生开放。天气炎热，孩子们还没等到游泳池开门就已经拥到大门外了，为了能早一刻下水，已在家里把游泳衣穿在里面了，门一开，脱掉连衣裙就下水了。

有一个高二的男孩，和妈妈随军到部队没多久，刚学会狗爬式。孩子们一般欺生，把他拖到了深水区，他本来刚学会游泳，第一次到深水区人紧张，被水一呛，反倒不会游了，于是就挣扎着四处抓人，格子就这样被他抓住了。

两人在水里忽上忽下地挣扎着，男孩高大有力，格子在慌乱挣扎的过程中，非常清晰地感到男孩的手触摸了她的身体，于是喝了很多水，以为自己这下完了。

最终他们都被救了，男孩是被救生员救起的，而救格子的人竟是王晓生。

格子后来才知道,王晓生不但救了他,还给她做了人工呼吸。

格子非但没有感谢王晓生的救命之恩,倒反把他当成了仇人。

那个暑期格子几乎没有出门,在忐忑不安中度过。直到有一天她突然觉得自己恶心得想呕吐。她想来想去,决定去桂桂阿姨家。

桂桂看到格子吃了一惊,心想这孩子怎么变成这样了,一下瘦了这么多,人都蔫了。桂桂知道一定有什么事情发生了。

格子突然满脸泪痕地问她:阿姨,什么叫强奸?

桂桂用异样的目光打量着格子,半晌才问:格子,告诉我都发生了什么?

格子说:我不来那个了,是不是怀孕了?

格子脸色苍白,要虚脱的样子。

桂桂说:格子,说清楚,究竟怎么了?

格子哭着说:王晓生强奸我。

桂桂愕然,于是详细追问,格子就把那天游泳池发生的事讲了。桂桂阿姨听完,搂着格子的肩膀笑得透不过气来,说:你把我吓死了,我还当发生了什么严重的事情了。还是医生的女儿呢?什么也不懂。

你是说我没有……?

没有接触是不会怀孕的。

可是……接触了呀!

那怎么能叫接触?

那什么才叫接触?

桂桂没有说什么叫接触,只是说:结婚的时候你就知道了。

28 爷爷的故事

1976年是很不寻常的一年,发生了很多大事。

年初,唐山发生了大地震,一下死了三十四万人。也是在这一年,影响中国历史的三个巨人,周恩来、朱德、毛泽东相继去世。

吴文翰、匡玉凤也是在这一年仙逝的。

格子的爷爷吴文翰相貌堂堂,虽然是农民,却有鸿鹄之志。

吴姓人家在匡家庄是外姓,据说是从云南迁徙而来。

村北有一条河,河上有一座青石桥,桥造得敦实气派,桥身上刻着:滇军教头吴秉成捐资建造。

吴秉成是吴姓人家的先祖,据说是吴三桂的后裔。想必是先祖捐了银子,行了不少公德善事,才得以在匡家庄安居下来。

吴文翰年轻的时候,耍枪弄棍,干过许多冒险的营生,不但没有出人头地,反倒弄得家贫如洗。

财主匡文福家的地和他家的地挨着,春天播种高粱的时候,吴文翰开始和匡文福的女儿匡玉凤眉来眼去。

歇晌的时候,匡玉凤迎风站在地头,手臂高高地搭在前额上向这边张望,吴文翰这时总会被匡玉凤胸前两个鲜桃般的乳房搞得浑身燥热。

匡玉凤高挑妖艳,性格爽朗,没人的时候,玉凤便叫吴文翰到地头喝水。

高粱一天天长高了,满坡都是绿油油的,看上去像无边无际绿色的大海,他们的欲望和庄稼一样,长势喜人。高粱齐腰深的时候,他们顺理成章地在高粱地里开始偷情。

吴文翰是属于人穷志不穷的那路人,他只管欢愉,他自己欢愉,同时也尽力让匡玉凤欢愉,野蛮地获取,也野蛮地奉献。尽管两人搞得热火朝天,但他心里明明白白,他从来不和匡玉凤谈婚论娶。

秋天,高粱收割了,一片片高粱倒下了,眼看着他们的阵地越来越小,他们的好日子像秋后的蚂蚱。于是,他们像老鼠储存冬粮一样,加紧了交欢的频率……直到最后一片高粱收割完毕。

匡玉凤后来嫁到了北河那边的财主家。匡玉凤嫁人前对他说:我不是不想嫁你,是我爹瞧不起你家的穷。

匡玉凤的话好比铁锤敲在吴文翰的心头。

但匡玉凤的命似乎并不好,嫁过去的第三年男人就莫名其妙地死了,淹死在北河里。

男人死后,寡妇匡玉凤第二年就拉着一大车嫁妆回了娘家,她坐着她家叮当作响的大车经过北河时,让她爹把大车停在石桥上,她对着河水干嚎了两声,说:

死鬼,你冤哪!

她爹问:死都死了,还冤啥?

她不说话,上了车,然后就头也不回地让他爹赶车走了。大车经过地头的时候,她看到了吴文翰的儿子狗子。她下车搂着衣衫褴褛的孩子,哭得泣不成声,她既可怜孩子又恨那个不争气的男人……这一切,他父亲都看在了眼里。

没有这一幕,狗子就会被还乡团挑在刀尖上,那后来的事就不会继续了。

匡玉凤变卖了从婆家拉回的一大车嫁妆,那以后就失踪了。

有人看到她在青岛大窑沟摆了一个馄饨摊子,也有人在青岛栈桥看到她给大鼻子洋人推着小孩车子。

匡玉凤嫁人后,吴文翰娶了一个佃户的女儿,穷人家的女人本来就像草芥一样,加上男人又不体恤,说死就死了,身后留下一双儿女。

吴文翰三十几岁就成了鳏夫。没有女人的羁绊,他更不着家,一会在青岛一会到烟台,谁也不知道他在外面干什么。偶尔回来,唯一做的事,就是带儿子去店口集吃上一顿肉包子。

快解放时,吴文翰看出这天下是共产党的了。他回来闹腾了一阵子,分田地斗地主。还乡团杀回来了,点名要杀他,他和儿子一出门就跑散了。儿子一头冲进了匡文福家。他看到还乡团挑着明晃晃的刺刀进去,一下瘫倒了,像刺刀捅进了他的心脏。但他看到还乡团又很快出来了,后来他听说那天他儿子就藏在匡家门后,匡文福只要使一个眼色,他儿子就没命了。

就这样混到四十好几,吴文翰依然没看到出头的日子。

1956 年,吴文翰彻底结束了窘迫的生活,扬眉吐气起来。

他逢人就说:儿子的肉包子到底没有白吃!

他把儿子坐在飞机里的照片,挂在黑乎乎的土墙上,叫村里的老老少少前来参观。

他用儿子寄回来的钱,翻新了老屋,草房变成了醒目的红瓦房。

他几乎不再外出混了。人们总是看到他坐在墙根底下,一边晒着太阳,一边向村口张望……

那个女人果然回来了,匡玉凤最终还是嫁给了他。

到人民政府办好结婚手续以后,匡玉凤就把吴文翰带到了青岛。

公私合营以后，匡玉凤的馄饨大饼摊改成胜利饭店了，她和她的伙计都成了拿工资的职员。

吴文翰到来以后，负责照料饭店里的两只炉灶，他把炉子烧得火焰熊熊，看得匡玉凤总是眉开眼笑。

两人活到八十四岁，同一天合眼，死时脸上都带着满意的笑容，可谓寿终正寝。

29 红善姐姐

吴文翰、匡玉凤去世后，红善被吴天翔从青岛带回丽园。

十六岁的红善已经亭亭玉立，但她因为沉浸在爷爷、奶奶离去的悲伤中，倒像一株带雪的梨花，清丽而又冷艳，越发地显得天生丽质。

吴天翔对苏青丹说，红善这孩子咋看都是匡玉凤的影子。苏青丹听到这话倒是一愣，问，像她奶奶咋了？苏青丹接着说：孩子就是这样，谁带脾气像谁。

红善回来后，家里的住房显然感觉拥挤了，吴天翔这才同意搬家。其实，他早就可以搬到师职房了，但他一直没有搬，一是觉得领导干部应当享受在后，二是怕麻烦。

新家仍然是平房，但一幢只住两户人家，很肃静，房子的后面有一条河，但河水不多，河堤上有一些防空洞，是69年“深挖洞、广积粮”时每家每户挖的。房子前面是一大片枇杷园。房子边上有一条不宽的柏油沥青路，路两边总是长着湿漉漉的青苔，旁边是修剪得整整齐齐的冬青树墙,冬青外面是一棵棵树皮斑驳的法国梧桐。路的那一面是池塘,水映着四周茂密的树影,看上去池塘总是绿色的。当中是一个袖珍的人工岛,岛上树木高大茂盛,栖息着各种鸟类,叫声悦耳。看过去,小岛在水面上突兀地形成一个丘,那些树木像是从水里长出的。听说这个池塘是仿照江南名胜南湖修建的。

清晨和傍晚,经常看到老飞们围着池塘奔跑。

吴副师长搬家的这一天,团里来了一帮穿黄夹克衫的年轻人。这帮人是刚从航校分来不久的新飞行员。吴副师长的家其实是很简单的,要搬的东西也就是几副床架、床板、棕绷,两个皮箱,两个炮弹箱,还有一些被褥和炊具,三轮车拉了几趟就拉完了。然后,苏青丹指挥他们把床一张张搭起来。桌椅板凳和衣柜都是营房股早就给配好的,她只是请他们给房间里的家具重新归了归位。

正是六月时节,枇杷都黄在树上,苏青丹就叫恹恹地闲在一边的大女儿:

红善,把院子里的枇杷摘一些,给叔叔们吃。

红善找了一个竹篮就出去了。低矮处的枇杷都被嘴急的小孩摘走了,高处枝头上的又够不着。她于是回屋拿了一个方凳出来。正想攀上去的时候,旁边却有人说:我来吧!她回过头,眼睛向上眺了一下,和那人的眼睛对到了一起。在午后摇曳的树影中,那情景有些迷离,有些不真实,两人都慌了。

红善把枇杷洗好,装了满满一搪瓷盆,叫格子端到了院子里,她进了自己房间没有再出来。她顺手拿起一支铅笔,画了一个轮廓,眼睛细长,微微有些下陷,鼻子挺拔,一张立体性很强的脸。

红善看着这张脸，自己的脸却红了，于是就把画撕了。

那帮人在院子里一边吃枇杷一边说笑，像扔手榴弹一样很夸张地把枇杷核扔向远处。

在这帮飞强击机的飞行员当中，戴卫国的个子显得很高，有点鹤立鸡群的味道。他个子高，但不显得单薄，也许是因为锻炼的缘故，肩膀看起来很宽，但又不是那种虎背熊腰似的粗壮，腰身倒是细的，帅气又英俊。

那帮人离去的时候，戴卫国回了一下头，可是他没有看到那个轻盈迷人的身影。

新家有四间大房子和一个饭厅。姥姥和姥爷住一间，爸爸和妈妈住一间，格子和红善住一间。格子因为从小就是跟着姥姥睡的，总要回去跟姥姥撒娇，钻姥姥的被窝，所以红善基本是一个人睡。还有一间摆放了一套沙发和茶几，安装了电话，家里总算有了一个舒适的客厅。

红善在家里有些独往独来的意思。她其实一直都不曾从两位老人去世的悲伤之中走出来。她有时想念他们，独自流泪，但她不想让任何人看到。她自己的悲伤和别人是不相干的，她到底还是和这面的家人隔着一层。

作为母亲，苏青丹总是觉得对红善有些歉疚，所以，就有些放纵她，有些宠她。红善和姥姥、姥爷既客气又生分，毕竟不是他们带大的，不贴心不贴肝，自然是少了很多默契和了解。她倒是和格子能说上些话儿，自打她一回来，格子陡地多了一个姐姐，自觉是有势力有靠山了，喜欢得不得了。红善也觉得突然有了个妹妹，身前身后巴结着，很新鲜。姐俩儿虽然都是隔代老人带大的，但两边的老人可不是一路人，所以，他们带大的孩子自然不是一样的气息，甚至连饮食、语气、嗜好都是不同的。奶奶家在海边，姥姥家在山里，两人闲聊的时候，一个说喜欢水，一个说喜欢山，一个说海多可怕呀掉进去就淹死了，一个说山多吓人哪有那么多吃人的野兽。两人争执不下时，总是姐姐解围，她说，仁者爱山，智者爱水，你是仁者，我是智者。

妹妹对姐姐佩服得不得了。

红善这时已经高中毕业了，面临着分配问题。苏青丹的意思是红善刚从青岛回来，不能再叫她离开家了，应当给红善找个工作。但吴天翔不同意，他说领导干部的孩子都要带头上山下乡，不能搞特殊化。苏青丹就按吴天翔的意思和红善谈了，没想到红善说：他当年为了摆脱贫困，离开农村，冒着九死一生的危险，才有今天，如果再让我们回去，不是把他们多年的奋斗都否定了吗？再说，我一点都不喜欢农村那种污浊的气味，如果你们觉得我多余，我还是回青岛好了。红善的话说得坚决，没有一点商量的意思，苏青丹还是第一次领教红善讲话的尖刻。她尽管生气，但也不好说什么，母女之间越发显得疏远。

红善整日埋头画画，对于画画，她是喜好，是不自觉的，有些无师自通的味道。

绘画于她，就像是一种语言，非表达不可的意思。

她还不会写字的时候，就迷恋画画了。因为她能用一种最简单的方式，抓住对象的特征，用线条和色彩表现出来，所以画什么像什么，起码奶奶是这样认为的。她画的猫，奶奶决不会说是虎，她画的虾虎，奶奶决不会说是虾。她就是这样的一个孩子，善于把握事和物的特征。

奶奶也是个见过一些世面的人，奶奶说，画得这么好，将来也像齐白石一样当画家，连毛主席都接见呢！

奶奶去栈桥给她找了一个教画画的老师，红善开始跟老师学素描、透视和色彩。但学归学，画归画，她还是没有章法地画她想画的。奶奶把她画的画贴得满屋子都是，最后，没处贴了，连屋顶也贴上了。红善善于画鱼，画各种各样的鱼，亮晶晶地一条挨着一条，整个画面都是鱼。有时它们游弋在蓝色的水里，也有时是红色或黑色的。奶奶睡不着的时候，就看屋顶上的画，还要自言自语：这一幅画的是夜里，那一幅画的是太阳出来的时候，还有一幅画得大概是阴天吧？

奶奶是红善绘画的启蒙，自然能看懂她的画，也是第一个欣赏她画的人。

第二个欣赏她绘画的人是戴卫国。

一天，戴卫国绕着池塘跑步，经过枇杷园的时候看到红善坐在门前画画，就走过来。他看到画架上是一条条闪着银光的鱼游弋在蓝色的海水里，就问：这是什么鱼呀这么漂亮？

她说是霸鱼。

他问：为什么画这么多鱼。

她说这是爷爷生前喜欢的鱼。

第二天，戴卫国又来了，他看到她依然在画鱼，这回画的是一条条细白的鱼。她告诉他这是海鳗，这种鱼是奶奶生前喜欢的。

画鱼好，鱼是吉祥的东西。

我奶奶也说，画鱼吉利。

可你画的鱼，忧伤又孤独。

是的……我是爷爷奶奶带大的，但他们都离去了，我画的鱼是给他们的。

他说，我喜欢你画的鱼，他又说，我喜欢这些忧伤的鱼。

红善抬起头，和戴卫国的目光相遇，她发现他的眼神也感染上了忧伤。

红善和他讲起了在青岛的日子，讲了海边的生活，但她讲得最多的是她的爷爷和奶奶。她说两个老人整天形影不离，快乐地活着，连死都要死在同一天。红善还说，有时，爱是大于生死的。

30 情窦初开

清晨，格子背着黄书包走在湿漉漉的柏油路上。格子已经到了爱漂亮的年龄，两个小辫子齐肩，辫梢修剪得齐齐的，扎着两条粉红色的蝴蝶结，脑袋一摇摆，像拨浪鼓一样，顽皮又俊俏。妈妈的裙服上装，短短的，有腰身，穿在她身上正好，蓝军裤，走起来，宽宽大大的裤脚甩着，脚上是一双黑条绒松紧布鞋，脚底钉了一个金属掌，走在沥青路面上，咔咔咔，有一种清脆的声响。

格子的这种穿戴，在当时是非常时髦的，姐姐却不以为然，姐姐说这叫神气不是漂亮。红善说，女孩子应当打扮得妩媚些才好。格子问，那什么是漂亮？红善就指着她画的水仙花说，你看，这就是漂亮。格子不解，格子觉得神气就是美，是一种大气的美，妩媚是什么？妩媚叫她感到有点“小资”的味道。

红善和格子相反，她喜欢穿长长的花裙子，小腰身的衣服，领口上镶着好看的花边，即使穿裤子也是窄窄的裤腿，脚上总是一双白色的丁字皮鞋。

格子一边听着自己鞋底发出的声音，一边很神气地快步走着。

早晨的阳光金灿灿的，透过梧桐树叶的空隙照在路面上，也照在格子的脸上和身上。这时，前面，有一个人走过来，鞋底发出的声音是“咚、咚、咚”的，有些沉重。格子眯缝着眼睛看过去，那人双手插在裤袋里，有些散漫，也有些倦怠，爸爸也总是这样走路。那副样子，一看就知道是老飞。

那人穿着一身褐色的皮飞行服，脚上是一双笨重的皮靴，迎面走了过来。

两人在路的当中停了下来，他们同时打量着对方，以致两人都有一种莫名的惊讶。格子注视着那张整齐的，刚修剪过的面孔，浓密乌黑的头发。苍白又冷俊的脸，于性感中略带冷冷的傲慢与不羁。

多年以后，格子再回忆起那张脸时，她依然认为那是她见过的最性感最煽情的一张脸。

格子，这么早就上学了？还是戴卫国先说话了。

噢，哦！今天我值日啊！

格子真神气。

戴卫国看到格子的脸红了，就把目光移向了别处，像在听树枝上的鸟叫。

今天不是飞行吗？你怎么在这儿？

我等你呀！

迎面的阳光在树梢中晃动着，刺得格子睁不开眼睛，那金色的太阳可真叫格子陶醉啊！

等我？等我干吗？

格子鲜艳的嘴唇半张着,清秀洁净的面孔上一脸的慌张。戴卫国看到格子认真了,于是就把话收了回来,笑着说:

我骗你呢!

格子有些委屈了,面带愠色地说:

飞行员也骗人啊?

格子,我和你开玩笑呢!

我不喜欢……开玩笑!

她的小脸涨得通红,格子之所以敢用这种口气和戴卫国讲话,是知道他和爸爸有不太一般的关系。爸爸回家常把戴卫国挂在嘴上,比方篮球场上,他们是如何的默契。爸爸是灌篮高手,但必须有人抢篮板配合,戴卫国恰恰就是抢篮板高手。戴卫国一得到篮板球,闭着眼睛也知道爸爸在哪里。两个高手在一起,球打得漂亮,像表演赛。

格子,对不起。

格子不依不饶地问:

那你干吗来?

我来取信。

取信……取什么信?

格子,原谅我还不能告诉你。

为什么不能告诉我?

这是我的秘密,格子。

格子有些生气了,头一甩,闪开他走了过去。在经过他身边的时候,她闻到了一种熟过的皮革的味道,她常在爸爸身上嗅到这种气息,熟悉又亲切。

格子扬起头,张开鼻翼,梦幻般地沉醉在那样一种特殊的气息之中。

似乎就在那一天,格子长大了。

红善已经不再画鱼了。红善开始画花,她画的花花蕊绽放,散发着幽幽的香气,像活着一样,人见人爱。

红善的花热热闹闹地盛开了一个夏天。

31 谭　　丽

吴天翔到国界河钓鱼之前,总要弯到谭丽这来,他要来取飞飞给他挖的蚯蚓。

他站在门口喊:飞飞,钓鱼去了。

以往,听到他的叫声,飞飞马上就会拎着一个小木盒出来,但这天,谭丽拎着木盒出来了。吴天翔看了看养在木屑里红红大大的蚯蚓,笑了。谭丽说:飞飞一早就起来准备好了,走的时候交代我给你。吴天翔问:飞飞呢?谭丽说:师里航医主任领他去体检了。吴天翔这才想起来,这还是他交代的呢。他点了根香烟,站在门口问谭丽:小谭,飞飞要是真走了,你舍得?谭丽看了看吴天翔,半晌才说:他爸爸去世后,那孩子就一心想当飞行员,要接他爸爸的班,他认准的事谁能拦得住他?吴天翔说:这才像我们山东人的儿子,像樊茂盛的儿子。谭丽又看了看吴天翔,说:飞飞就崇拜你和他爸。吴天翔看了看她,说:小谭,你有白发了。谭丽下意识地捋了捋头发。

吴天翔走了,来到河边,垫了张报纸,便坐了下来。河里不时有农民摇着船经过。

有时戴卫国也来，毕竟是年轻人，坐不住，他们有他们的娱乐方式。他们有时还要逛逛街，逛逛公园。飞飞倒是常来，但飞飞不爱说话，他记得飞飞小时候是一个活泼的孩子，小谭说樊茂盛去世以后，飞飞就变了。飞飞似乎对钓鱼也没太大的兴趣，他感觉那孩子就是想来陪陪他。有时，他感到嗓子眼发干，飞飞不知从那里，会搞一些黄瓜、西红柿给他，每次他感到雨点落到身上的时候，飞飞已经把伞送到了。有时，在飞飞转身的时候，他在飞飞身后看到樊茂盛，有时看到的却是谭丽，居然分不清谁是谁。樊茂盛牺牲后，有人给谭丽介绍过一个陆军的干部，谭丽不愿意，说，要找也找个空军的。后来，吴天翔出面，给她介绍了一个空军场站政委。她见了一面，回来对吴天翔说，感觉还是不对，别扭。吴天翔伤感地说，小谭，你要客观一些，樊茂盛已经死了。谭丽说：他活着……在我心里他一直活着。

其实，吴天翔更喜欢一个人坐在河边，随便想点什么，或者干脆什么都不想，这种轻松的状态对他来说，便是最好的享受。

飞飞要走了，走的前一天，吴天翔来送行。谭丽包了猪肉大白菜水饺，还弄了几个凉菜，葱油海蜇，粉丝拌白菜胡萝卜丝、姜醋皮蛋、油炸花生米。说是给飞飞饯行，其实，是冲着吴天翔的口味去的。谭丽拿了一瓶高粱大曲，叫飞飞陪吴天翔先喝着，自己去下饺子了。

饺子上来了，谭丽问，不咸吧？吴天翔没吱声。她又问，好吃吗？吴天翔一连吃了几个，才抬起头，说，你知道，我吃饺子是不说话的。谭丽笑着看着他，似乎又回到了过去的时光。吴天翔说，这饺子还就得咱山东人包才好吃。谭丽看着他，笑容渐渐就没了，像是无所用心地说，想吃就来呗！吴天翔抬起头，和谭丽的目光相遇……

飞飞要去和同学告别,翔翔也要跟着去,哥俩一起走了。

屋里剩下两个人,吴天翔吃了不少饺子。谭丽陪着,不知不觉两人就把一瓶高粱大曲喝光了。吴天翔也许是热了,把飞行夹克脱了,就穿了件绿绸衫。谭丽穿了件红毛衣,灯光下,她的脸也是红红的,吴天翔有些心动。为了掩饰,他点了根烟,深深地吸了两口,说:他要是活着该多好!他这话是替谭丽说的。

谭丽哭了,说,天翔,他活着也没你会疼我。吴天翔眼圈也红了,他知道谭丽想要什么。其实,那也是他想要的,但他不能,绝对不能!

32 苏青丹的变化

苏青丹一向喜欢飞飞。她曾经和吴天翔说,看着吧,飞飞将来肯定比你和樊茂盛有出息。

吴天翔想不明白为什么苏青丹断然拒绝去送飞飞。本来他们说好一起去谭丽家给飞飞送行,后来,他只好自己去了。

吴天翔发现那以后苏青丹一下子像变了个人,话越来越少,越来越难以理喻,总是莫名其妙地伤感,莫名其妙地发火。他回家不是要看这些的,他内心郁闷,快乐不起来。近来,最让他不能容忍的是,苏青丹竟然多次拒绝性爱。为此,他狠狠地跟她甩过脸,他甚至压低嗓子对苏青丹吼叫:那我娶你干吗!?夜晚的沮丧自然是要延续到白天的,两人都虎着脸,没了以往的和煦。白天虽然是平静的,平静也不是真的平静,是风雨欲来风满楼的平静。

苏青丹唯一做的家务,是收拾房间,特别是搬了家以后,房子大了,她更喜欢把家收拾得一尘不染。吴天翔一看她在房间里擦来擦去就烦,他说,家就是家,不是医院。苏青丹不理不睬,我行我素。那次,苏青丹擦灰的时候,把有机玻璃架上的歼5飞机碰到了地上,吴天翔一下子变了脸,大声说:你什么意思?苏青丹愣在那里,半晌才反应过来,说:没什么意思啊?不至于吧?怕就不要飞了。吴天翔咆哮起来:他妈的,怕?老子的头一直别在屁股蛋上,就没怕过。

苏青丹不屑地自言自语:真是谈虎色变啊!

苏青丹甚至讨厌起吴天翔钓的鱼,她一看到那些带着黏液的滑溜溜的鱼就生气。吴天翔一走,她就把它们统统都扔掉。后来,吴天翔钓上的鱼干脆就不往家里拿了,但总要处理掉呀!怎么处理呢?他想起了谭丽,于是,就把鱼送给了谭丽。其实谭丽也是不爱吃河鱼的,嫌有土腥味,但她每次都欢欢喜喜收下,珍贵得就像从前他送点心一样,嘴里还会说:哦,真好,钓了这么多!听后,他会有一种成就感,心里美滋滋的。他一辈子就喜欢成就和荣誉这两样东西,对了,还有女人,是三样东西。但是,女人啊女人,女人的心真深不可测,难怪孔子说:惟女子与小人难养也。

苏青丹过去不是这样的,起码在性爱上不是这种态度,过去她是积极配合的,并且也是喜好的,反正,他觉得她女人的分寸掌握得特别好,不轻不贱,不贪不淫,不呆不木,所以,她的身体里面似乎有他取之不尽的甘霖,总是叫他向往着。可他没有想到,她突然厌倦了。那么问题出在哪里呢?这叫他百思不得其解。

33 武队长死了

武队长轰然倒下的时候,苏青丹没有扶他。其实,就在他倒下之前,她已经发现他脸色不对了,他原先是红脸膛,可一下子就变白了,汗像水一样冒了出来。她厌恶地把脸扭到了一边,装着什么也没看到。武队长抱着头倒下后,眼睛直直地看着苏青丹,声音含糊地说了最后一句话,罪有应得啊!然后,就闭上了眼睛。在场的人谁都没有听清他的话,只有苏青丹听清了他的话,因为他的话是对苏青丹说的,所以这句话的含义也只要她苏青丹知道。

苏青丹检查了他的瞳孔,然后,冷静地对旁边的人说:估计是脑出血,不要动他,叫救护车来。

那段时间,武队长带队,去农村帮助公社医院搞计划生育工作,他们被安排在医院旁边的一所小学里,给农村妇女做绝育手术。每人每天要做几十个手术,一天做下来腰酸腿疼,武队长本来就高血压,加上几日劳累,结果倒下了。

苏青丹认识到:无论什么事情,早晚总是要有一个了断的。

苏青丹耐着性子等,总算等到了这一天。

武队长的死,并没有使部队支援地方计划生育工作停止。

公社医院正面墙壁上的大字换了内容,现在是用红油漆刷着新魏体大字:计划生育是我国的一项基本国策。

苏青丹每天在这里的手术室给不同年龄的人做人流,做多了,几乎都麻木了,已经记不清做了多少。

有时还会被公社医院派往一些偏远的地方做结扎手术。有时是在大队部，有时是在小学教室，拼几张桌子，铺一个床单，就开始做了。医院规定是不打麻药的，但苏青丹总是偷偷在自己的药箱里放上几支麻药针剂，遇上体弱多病的，就悄悄给打上一支，缓解她们的痛苦。

乡下的很多妇女都认识苏青丹，一些人无论结扎、流产、生孩子都点名找苏军医。

苏青丹又接到了一面锦旗，上面写着：救死扶伤下乡为民。

苏青丹看到锦旗上的大字，心里不是滋味，这哪里是救死扶伤啊？

武队长死后，苏青丹接了他的班，当上了卫生队队长。

34 红善死了

有一天，红善突然问格子：

河边有防空洞你知道吗？

怎么不知道，前两年藏猫虎还总进去哪！后来有人说里面有蛇，我们就不敢进了。

红善若有所思地说：蛇？蛇有什么可怕的。

格子说，你问这个干什么？

红善说不干什么。

格子还是跟姥姥睡，有时和红善说话说晚了，就不过去了。

昨天，红善就把一封信，放到了池塘边的石凳下。她要约戴卫国今天晚上见个面，她有话要对他说。

早晨，她去看过了，信被取走了。

上午，红善坐在院子里画画，心里不知为什么惶惶的，有些透不过气的感觉。

她时不时仰望天空，像是在等待着什么。

大约上午九点光景，外场那边有了动静，声音越来越大，是飞机起飞的声音，接着，她在空中看到了编队的飞机。

一个上午，她几乎什么也没画，老是找不准颜色，画花的关键就是要找准颜色，她天生是一个视觉极其敏感的人，其实各种花的颜色都在她的脑子里，可这一天，她的视觉变得十分愚钝。

飞机的轰鸣声在接近十一点的时候戛然而止……一种不祥的静谧笼罩在机场的上空，眼前的树变得黑幽幽的……

机场的静谧是恐怖的，相比之下啸声倒是给人安宁。

红善扔掉画笔，闭上了眼睛……

格子放学回来一走进营门，就感觉出事了。路上的人都绷着脸，有几个家属眼睛红红的，刚刚哭过的样子。

姐姐脸色苍白地躺在床上，眼睛直直地看着天花板。

格子呆呆地立在姐姐床前，眼前的气氛叫她全身颤抖。

姐姐说，戴卫国死了。

格子的泪水终于哗哗地流了出来，她想起不久之前的那个明媚的早晨，她和戴卫国在路上巧遇，戴卫国的音容笑貌清晰地出现在眼前，甚至那天的气息也飘散过来，那是叫一个少女苏醒的气息，那是她终身难忘的一次邂逅。

时空浩淼，没了限制，格子身不由己地走回了那个明媚的秋日里……她迎着太阳走去，那光焰的前面渐渐地出现了一个人的剪影，慢慢地，她看清了那人的脸，那是一张英俊的面孔，坚毅的、傲慢的也是多情的。格子身不由己地向他走过去,一直走到他身边,然后,把脸轻轻地贴到了他的胸前,尽情地嗅着他身上的气息……

许多年以后,格子对飞飞坦言,她的初恋是在戴卫国死的那一天结束的。

烈士戴卫国的追悼会非常隆重,他本来是有生还的希望的,他可以跳伞,但他为了避开一个大型钢铁厂,错失了跳伞的机会。他用死实现了当英雄的梦想。

大约在戴卫国牺牲后两个月的一天夜里,红善突然失踪了。

格子一觉醒来看到妈妈和姥姥还没睡,爸爸也被叫了回来,红善依然没找到。

姥姥说:我看这孩子八成要出事。

妈妈听出姥姥的话像是话里有话,就说:妈,都什么时候了,有话你快说呀!姥姥说,我看到好几次她去厕所呕吐。

格子突然说:快去咱家防空洞看看。

红善被从防空洞抱出来的时候,已经没了气息。妈妈从红善的身体上看出了一切,他们很容易地也猜出了其中的故事。想想那两个可怜的孩子也真般配,天生地造的一对。

吴天翔和苏青丹的衰老,是从红善死了以后开始的。

苏青丹有时想,红善的作派,真像她的爷爷和奶奶。

35 红杏出墙

在妈妈的同事里,格子最喜欢的是满小丽阿姨。

满小丽刚调到卫生队的时候，穿的是陆军制服，人家都是清一色的蓝裤子，就她是一身黄，出操的时候她就被显了出来。满小丽长得像新疆人，皮肤白得像奶油，睫毛长长的。她原是某野战医院的护士，因嫁的是飞行员，无论天南地北，都可以调到身边来。

刚生产过的少妇，艳得像晨光中盛开的玫瑰。

自从满小丽来到卫生队后，住院的病人明显多了起来。满小丽给他们打针、吃药、量体温，做的都是分内的事。

满小丽的女儿小，正是缠人的时候，但她是不操心的那种女人，请了个保姆带着。丈夫李新是飞行员，刚提了副团长，是有前程的样子，自然心事都不在家里。好花是要精心照看的，李新哪里懂得这个道理，以为是自己的就不会丢了。

谁知这时机场来了批大学生。他们是“文革”后充实到部队的第一批大学生，虽然前面冠有“工农兵”三个字，但也够风光的了。他们来到部队便被安排在各个技术岗位。

不久，休养所来了位开阑尾的年轻人，听说是气象台的新台长，也是刚来的大学生，叫林蕊生。

手术是苏青丹做的，术前的消毒和备皮是满小丽做的。

手术后的林蕊生再见到满小丽时反倒是没了隐私，越发有一种亲近，这种亲近和别人又是不同的。

林蕊生眉清目秀，说话斯文，连微笑和眼神里都是书卷气。没事的时候，两人便坐在一起说话，总是感觉时间过得很快。林蕊生是江浙人，有着水乡人的缠绵，性情温和细腻，又体察人意，加上知晓天文地理，能吟诗说史，都是丈夫李新不及的。一个天上能，一个地上能，天上的那个再能，她也不知是怎么能法。于她是遥不可及的，她够不着，她没有翅膀，又不能与他比翼双飞。满小丽的情感里，需要的是地上的这个，有人间烟火的味道，有男女的温情。

林蕊生恰又是与人不同的，那张白皙的脸总是忧伤着，他的忧伤不是做出来的，是与生俱来的。他看满小丽的时候面部忧伤的样子十分动人。满小丽就是这样开始迷恋上他的。

林蕊生做事严谨周密，他每次来家属宿舍之前，首先看当日的飞行计划、飞行科目，是白天飞还是晚上飞，或是跨昼夜飞，是不是李新他们团飞。然后再看天气，若第二天晴好，他才出门。

往往那头在准备飞行的时候，他们这头也在准备着幽会。在飞机场这个风气纯正的环境里，他们私密的、冒险的、忧伤的幽会所具有的刺激性，让他们欲仙欲死。

这日，满小丽早早便让保姆带孩子睡了，她开始等待林蕊生的到来。可她等到鸡叫，也没听到他们约好的暗号。早晨，睡过了头，睁开眼睛的时候，看到李新立在床边，便一脸的疑惑，问：不是飞行吗？怎么回来了？李新说：今天有雷阵雨，昨晚飞行计划就撤了，我怕影响你们休息，没回来。满小丽一听便来气了，说：你以为这是疼老婆，怕影响我那你以后就永远别回来睡。李新不响，从兜里掏出了两个苹果放在桌子上。满小丽越发生气地说：真是一个榆木脑袋，一个月里你能在家睡几个晚上，你是连人家需要什么都不知的。末了又说：你也就懂个飞机。

李新悻悻走了。

李新走后，满小丽想想有些后怕，暗地里对林蕊生越发佩服。

满小丽沉浸在男欢女爱里不能自拔，以为是人不知鬼不觉的。

满小丽的邻居偏偏是王胜。王胜从干校回来后就停飞了，在场站当副站长，是个闲职。自从王胜回来后，桂桂再也没发过病，两口子把房前屋后的地搞得像农技园，还养了许多花草。没了飞行的压力，王胜倒觉得无聊起来，于是精力就有些过剩。

满小丽做人傲慢，平日从来不把王胜两口子放在眼里。

两家的卧室紧挨着，当中仅隔一堵墙，说床挨床一点都不过分。一次后半夜，王胜被尿憋醒，隐约听到猫叫般细小的声音，再听，是从隔壁传来的，于是他来了兴趣，唤醒桂桂，让她也听，桂桂把耳朵贴在墙上听了一会，便笑着说：人家两口子干事呢！你精神个啥？于是二人躺下。因受了隔壁声音的蛊惑，王胜也上了女人的身，可正做在兴头上，突然又翻下来，说：不对！桂桂一脸疑惑：什么不对？王胜说：李新今天不在家！桂桂没好气地说：你怎么知道人家不在？王胜说：他今天飞行啊！我亲眼看了计划的。桂桂说：兴许撤了，人家就回来了，有什么好大惊小怪的。王胜骂了句"骚娘们"便躺下睡了。

早晨一上班，王胜专门跑到外场，从机场东面转到西面，终于看到李新飞完第一个起落刚爬下飞机，就喊：李团副，今天飞第一架次？李新急吼吼地跑到草地上，一边撒尿，一边回头答应着。王胜这才释然地喘了口气，心里讥笑：你在做起落，你老婆也在做起落。王胜回到家兴奋异常对桂桂说：昨晚满小丽床上的男人不是李新。桂桂瞪圆了双眼问：那是谁？王胜狡猾一笑，什么也没说。

巨大的好奇心，使王胜和桂桂成了监督满小丽的秘密哨所，自然也就什么都看清了。

不久，李新团里收到一封匿名信，把满小丽和林蕊生通奸的事情给告发了。

团里是头一回遇到这种棘手的事，一点经验都没有。经过研究，定下原则是不张扬，宜大事化小，小事化了。于是，团长找李新谈了一次话，团长首先问：李新，你得罪过什么人吗？李新说：没有。团长问：能肯定吗？李新说：能。团长这才说：有人反映你老婆满小丽和气象台台长林蕊生有暧昧关系，凡事要防微杜渐、防患未然。又说：这是你的家庭问题，组织上跟你谈是对你的信任，我们相信你能够处理好。

李新是个简单的人，从十六岁开始，他的精力几乎便都在飞行上。他铁青着脸回了家，进门就把满小丽打了一顿，嘴里骂道：老子在天上卖命，你在家里搞蝇营狗苟见不得人的事，你给我说清楚，你和林蕊生到底是怎么回事？满小丽于是避重就轻地把和林蕊生在卫生队的那段讲了。讲得情真意切，倒像是少男少女情窦初放。李新的纯净、简洁，叫他凡事都不往污秽里想，所以根本就不会想到林蕊生会僭越到他的床上来。

满小丽和林蕊生迫于压力，平静了一段时间，但终究还是忍耐不住。

家属区是一个人多眼杂的地方，上次他们的事情肯定就坏在那里。有隐患的地方林蕊生是不会再去的。林蕊生终于在外场发现了一个废弃的机窝，四周杂草丛生，当中是一块平整的水泥地。经过侦察，他发现那里十分隐蔽，机场的流动岗哨居然也不经过那里。于是，他们便频频在那里幽会了。

林蕊生是细腻又煽情的，他的优雅里总是带着一种忧伤，那是最最叫满小丽迷恋的。林蕊生的体格并不健壮，甚至可以说是孱弱的，但她就是着迷他，他用他优美的身躯和修长的手指以及忧伤的目光，把性爱变得隽永又华丽。那一刻说起来总是短暂的，但和林蕊生在一起那一刻就会是绵长的。他白皙的手指总会万分不舍地从她的脸上抚到身上，最后小心又胆怯地停到她最湿润的地方。两人在说话的时候，满小丽能感到他手指在那里有节奏地活动着，像在弹奏一支舒缓的乐曲……

男人果然是不同的。

这厢里，王胜一天也没放弃过对满小丽的监视，自然也发现了外场的那个机窝。这天，他又跟了去，隐蔽在芦苇中。借着明煌煌的月光，他看得真切，两个白皙的身体在月光下缠绕在一起，两人舞着，周围的芦花也跟着起舞，他竟没见过这么炫目的画面。那一刻，他陶醉了。因为离得近，竟是听得到他们说话的声音：

我真爱你……

是女人的颤音。

就是爱……爱这个小宝贝……

是男人的声音，无奈、苍凉又慵懒。

王胜恶作剧地丢了块石子。

好像有什么响动

是男人警觉的声音。

此时……什么声音都不重要……我只要你。

是女人的声音。

王胜之所以没有再告发他们，大概是迷恋上了这种窥视。

就在满小丽和林蕊生男欢女爱如鱼得水的当口，林蕊生也是佳报频传。由于台里的气象预报准确率在全南空得了第一名，他被评为练兵能手，作为军队两用人才加以培养。不久，王胜又听说站里要提拔林蕊生当司令部副参谋长的消息。这怎么可以？

占着人家花一样娇艳的女人，还官运亨通。好事不能让他都占了，他要出面干涉了，于是决定再次告发林蕊生。这次他没有再告到团里，他直接汇报给了师长吴天翔。

果然，吴天翔听后大发雷霆，把团长叫过来指着鼻子说他“姑息养奸”，责令他马上处理。

要处理就要有证据，要证据就得捉奸，捉奸势必就要毁了李新的家庭，所以，还是要征得李新的同意。团长在师长那里受了气，于是和李新也没好气，开口就说：你老婆和那个小台长从床上已经干到机窝了，你看该咋办？

李新是个稳重又内向的男人，听后只是脸慢慢变了色。

团长又说：李新，你是准备要事业还是要老婆？

李新依然不说话。

团长火了，大声说：我在等你的决定。

团长说完便走了。他要给李新点时间做决定。李新自从知道这个消息后，关在房间里没有出来过。

团长再来到他的房间时，他只说了一个字：抓！

团长拍了拍他的肩膀说：这样的女人没必要再留了……那我就交场站去办了！

李新无语……

36 机窝捉奸

飞行团配合场站下达了飞行计划，月黑风高，王胜布置警卫连埋伏到机窝周围的芦苇里。

两人果然进了埋伏圈……

两个人是分头审讯的。气象台属于王胜分管，所以他审林蕊生。林蕊生虽然面色苍白，但脸上没有一丝一毫的羞愧，依然是满脸的忧伤。

王胜问：你们是怎么搞到一起的？

林蕊生说：我住休养所割阑尾的时候。

王胜问：什么时候发生不正当关系的？

林蕊生说：住院时就发生了。

王胜问：第一次在哪里？

林蕊生说：值班室。

王胜问：谁先勾引的谁？

林蕊生说：她先勾引我。

王胜问：怎么勾引你？

林蕊生说：她说我那个东西看起来是忧伤的。

王胜笑了：难道鸡巴也会忧伤吗？

林蕊生说：她原话是这样说的：你的忧伤是优雅和高贵的，就连你那个东西看起来也是忧伤的。

王胜说：请你说说，鸡巴怎么才能长得优雅和高贵？

林蕊生低头不语。

王胜问：你说的这些话怎么能让人相信？

林蕊生说：有信为证。

于是，林蕊生交出来一叠满小丽写给他的信。

和林蕊生相反，对满小丽的审讯并不顺利。

满小丽一脸凛然，像要英勇就义的刘胡兰，做好了赴汤蹈火的准备。

因为卫生队也属于场站的,所以审满小丽的依旧是王胜。

王胜说:你为什么做出这种见不得人的事?

满小丽说:我爱他。

王胜问:你们是怎么勾搭上的?

满小丽说:他住院的时候。

王胜问:是谁勾引谁?

满小丽说:我勾引他。

王胜问:那么发生关系也是你强迫他?

满小丽说:是的,我强奸了他。

王胜说:我还没听说过有女人强奸男人的。

满小丽说:现在听说也不晚,我叫你长了见识。

王胜问:那么,你是在哪里强奸了林蕊生?

满小丽说:我夜里值班的时候,把他引诱到值班室。

至于别的,满小丽一字不说。

那边已溃不成军,这边却坚守城池。寂寞的飞机场一时被这起桃色事件闹得异常热闹。

苏青丹自然是什么都听说了。她倒是佩服满小丽,居然把什么事都揽到了自己身上。她觉得有必要见见满小丽,于是,就以卫生队领导的身份和满小丽谈了一次话。

苏青丹说:看在我们都是空勤家属的分上,我想告诉你,你这样大包大揽其实根本救不了他,还是想想自己的后路吧!

苏青丹又说:李新已决定与你离婚了。

满小丽感觉意外,说:这话是我过去常对他说的。

苏青丹说:李新起初也不是这样决然的,毕竟夫妻一场,还有你们的女儿兜兜……

满小丽说:我还以为他是舍不得的。

苏青丹又说:他是看了林蕊生的交代材料才下决心的。

满小丽这才问:他看到了什么?

苏青丹说:你对林蕊生讲过,你希望李新摔死,要和他结婚,给他生儿子。

满小丽听后,用双手捂住脸,半晌才说:那个时候,是什么都可能说的……

苏青丹说:林蕊生断你的退路,他自己又不可能得到什么。这真叫有才无德。

满小丽说:离婚可以,但我要兜兜。

苏青丹说:李新说你不配带孩子,兜兜跟你会学坏。

苏青丹又说:你这样性欲强烈又不理性的女人嫁给飞行员真是个错误,我知道你早晚要出事的。

苏青丹临出门的时候想了想,对满小丽说了句耐人寻味的话:不过,你能这样一场也值了。

苏青丹之所以这样做,因为她是有责任的。给林蕊生备皮是她安排满小丽做的,她当时就看出满小丽在挑逗他,后来她查房的时候看到两人的眼神,就预感到他们会搞到一起。

苏青丹走后,满小丽两眼发直,那以后她就不吃饭了,她的精神看起来似乎垮掉了。

满小丽被关押在军人招待所的一个套房里,外间有两位警卫连的战士日夜把守,还有一个女护士和她同吃同住。满小丽那时随时都想撞墙去死,就在她完全失去活下去的信心时,一个人出现了……

一天夜里,外面落着雨,监护她的女护士上厕所了,她忽然听到一种奇怪微弱的声响,是急促的敲打窗子玻璃的声音。她走到窗子旁,看到半张孩子的脸,她急忙打开窗子。隔着窗棂,她认出是格子。格子见到满小丽竟然激动得哭了。她一边抽泣一边说:小丽阿姨,你不要再傻了,你为他想,他一点都没为你想。你不知道吧?他什么都说了,把你的信也上交了。林蕊生早就背叛了你,他是一个卑鄙小人。

看着黑影里的格子,自打被关押以来,满小丽第一次流泪,一是为林蕊生的背叛,二是为格子的侠义。她终于看到还有人同情她,虽然同情她的是个孩子。她知道那晚格子一定是在雨中等了多时。她被格子感化了,她突然想要活下去,并且要活出一个样来。

对林蕊生的处理比对满小丽的处理要严厉。林蕊生被双开,开除党籍和军籍,送回浙南乡下。林蕊生的性情就是要招惹女人,想必走到哪里也少不了女人的呵护和关爱。就像苏青丹说的,他是为女人生的,自然有女人接着。

满小丽转业回了哈尔滨,后来生意做得很大。

李新半年后又结婚了,新娘相貌平平,像个乡下女人。李新说,他只想给兜兜找一个善良朴实的妈妈。一年后女人生了个儿子,渐渐地,后娘厚此薄彼的习性就显露了出来,兜兜便开始被虐待。满小丽得知后,通过法院把兜兜要了去,母女总算团圆了。

俗话说情场失意,官场得意,用在李新身上恰如其分,李新如风中的火势一蹿再蹿,四十岁就是副司令了。现在,人们说起他的时候总会说:王副司令怎么会找那样一个老婆?苏青丹有时会想:要是满小丽在,他们就般配了。他们分手后再没见过面,但知道彼此的情况。满小丽一直没嫁。时间越长,李新的件件好处就越清晰起来。

满小丽和苏青丹一直保持联系，她始终认为这个世界上惟有苏青丹是能看到她骨子里的人，但真正拯救她使她重新燃起生命之火的是苏青丹的女儿格子。

37 告别丽园

沉寂的飞机场突然变得骚动起来。

年底，丽园来了批新兵，一些是北京兵，一些是朝鲜族兵。北京兵里有很多干部子弟，又来自首都，身上自然带着一种居高临下的傲慢味道。朝鲜族兵来自延边自治区，仗着有少数民族政策保护，也不示弱，所以双方就较上了劲。北京兵上面的消息多，善侃，而且文艺人才多，吉他、二胡、手风琴、笛子手样样有，可以组成一个像模像样的乐队。朝鲜族兵善武、骁勇、侠气，能歌善舞。在新兵训练结束的汇报演出上，双方势均力敌，旗鼓相当，这种不分胜负的局面叫北京兵和朝鲜族兵都不惬意，于是，又把比赛进行到了灯光球场，他们发现在足球上也是可以较较真儿的。北京兵的足球踢得凶悍，朝鲜族兵踢得刁蛮，这样一来，灯光球场上赛事频频，好不热闹。

这两股旋风自然也把丽园的男孩儿和女孩儿卷了进来，首先是男孩们加入了进来，他们很快混迹到了球场上，并且把当兵的带到了家属区。女孩们常会骑着自行车，在球场、大礼堂、军人服务社旁呼啸着经过。夜晚，他们也不再囿于家中，而是出来四处游荡。

很快，手抄的乐谱在孩子中间传来传去，他们开始用吉他和口琴，演奏朝鲜歌曲和一些很煽情的知青歌曲。也许是受了浪漫歌曲的蛊惑，丽园的夜晚变得神秘和丰富了，有些浪漫有些情色绵绵的味道。

红善为一个老飞殉情而死的故事，加重了弥漫在丽园的这种气息。在一些女孩的心中，甚至是羡慕的。美人和英雄，多凄婉浪漫的爱情故事啊！

她们在谈论红善的时候满脸的敬仰。

高中生们都在市里上学。每天天刚亮，解放牌大卡车就从丽园开出，把学生和上班的家属以及赶火车的送到火车站广场。晚上八点大卡车再来火车站把送出的人接回去。学生们放了学，离班车到来的时间还早，便在市区各处游荡。溜达够了，就聚在通往丽园的三岔路口上。路口当中有一个水泥炮楼，听说是日本人造的，看上去是有年头了，水泥都已经发黄，但依然结实。这里是通往丽园的必经之路，他们就在这里等待部队的军车经过，不管是拉菜车还是拉煤车，只要一停，就蜂拥而上。

当然，车子有没有是不一定的，给不给他们停也是不一定的。他们经常要等到天黑，饥肠辘辘地捱到晚班车来接。

等车的时候，他们会爬到碉堡上。清一色的黄军装蓝裤子，远看就像解放军占领了碉堡。他们有时会在碉堡上摆各种造型，看上去就像群雕。他们也会拿出口琴吹奏，坐着的站着的一起合奏，有时也独奏。《卖花姑娘》的凄婉，《流浪者》的孤独，叫他们用口琴演绎得淋漓尽致。

上高中以后，男女生暗地里都配了对，互相取乐，好玩而已，其实大多是不讲话的，只是空担个虚名。

惟独格子,连个虚名也没有。人家知道,格子是惹不起的,这倒并不是因为她是师长的女儿,而是她的怪异。她就是不容别人和她开这种玩笑,谁要惹恼了她,你在她眼里就不存在了,特别是她姐姐红善出事以后,别人更不敢招惹她,怕弄出事来。

但不知为什么,北京兵和朝鲜族兵却为了格子较起了劲儿。

夜里,格子家窗外,总有嘹亮的口哨声。这声音不能不引起苏青丹的警觉,她把她的担忧告诉了吴天翔。第二天,吴天翔就叫营房股来修围墙。高高的围墙砌好了,但还是阻挡不住外面的口哨声。吴天翔生气地说,高中一毕业,就送她去当兵。苏青丹不同意,说,当兵有什么好?还是考大学吧!

北京兵和朝鲜族兵终于打了起来,而且仗打得惨烈,有肋骨断的,有腿和胳膊骨折的。这下惊动了上面,师部要求对这起群架进行调查严办。

调查的结果出人意料,原来双方是为了争夺美人而战的。而美人不是别人,却是格子。

吴天翔真是气炸了,回到家里不问青红皂白,就给格子两个耳光。格子没受过这个委屈,哭得惊天动地,姥姥心疼得直落泪。

格子哭够了,只说了一句话:你们根本不爱我们,所以也就根本不了解我们,如果红善有你们的爱,也不至于……死。

格子的话叫吴天翔和苏青丹又气愤又震撼。

其实,格子与北京兵和朝鲜族兵都没有瓜葛,她甚至看不起那些和他们打得火热的女孩子,但她就是不愿意向父母解释,那太软弱,俗不可耐,太没志气。她认为他们天生就不理解她。唯一理解她的人是姥姥,她知道,有爱才能有理解。

格子没能参加当年的高考,高中还没毕业,她就被吴天翔送去参军了。

38 格子当兵

上海空军某机关司令部，来了一名女兵，上上下下喊她小公务员。

紧张的军营生活，却不可思议地给了她一种获得自由的感觉。这缘于她在军营中长大，军中的紧张对她来说是亲切又熟悉的。从新兵集训开始，格子就崭露头角，队列中一眼就能看出她来，动作标准规范，一副训练有素的样子。在丽园读书的时候，每年暑假，部队担心无事可做的学生们在无聊的假期打架斗殴、惹是生非，总是把他们组织起来，像儿童团一样进行军事化训练，走正步、方步，队列训练、打靶，好比一支后备役部队。

格子是赌着口气当兵的。出来的时候她什么也没说，没有说出的东西，淤在心里，便酝酿成了一股力量，一种飞翔的力量，是的，她要自由地飞翔。她清楚地记得，离开家的时候，妈妈不无轻蔑对她说，你能干成我这样也就不简单了。格子没说话，她不喜欢妈妈那种自以为是的语气。在格子看来，妈妈不过就一个团职干部嘛！那又算得了什么呢？这很明显不是格子向往的奇迹。

尽管她不能确定未来会发生什么，但未来就是一个强大的吸引和诱惑，她对未来充满幻想。她相信她的生活会有奇迹发生。

格子也会暗自落泪，她想念姥姥，长了这么大，她从来没有离开过姥姥，她知道，她走后，姥姥一定十分孤独。姥爷去世后，家里没人再和她说话了，惟有在想念姥姥的时候，她会变得脆弱，会流泪。

参谋长是一个儒雅又心细的人，他似乎从这个小公务员身上看出了什么。有一天，格子在送报纸的时候，他叫住了她。格子疑惑地看着参谋长，不知道他要对她说什么。

参谋长那天只对她说了一句话：任何获得都是有代价的。

她反复琢磨参谋长的话，她领悟为：自由的获得是要付出代价的，比如亲情和学业。这种思考缓解了她内心的郁闷，她像一只刚脱壳的雏鸡一样看到了世间的光亮。那以后，她的思考里有了些哲学的含义。

参谋长后来给她开了一个书单，有《资本论》、《矛盾论》、《实践论》、《唯物论》等书籍，还对她说，部队就是一所大学，你要在这里多读书，读点马列和毛泽东的哲学。

机关有一个不错的图书馆，她读了参谋长书单上的书，还做了摘录。她在图书馆还发现了别的书，一些名著，她被海明威、杰克·伦敦、狄更斯所吸引。

到部队的很长一段时间，她沉浸在书海里，乐此不疲。

39 最爱的人走了

格子接到妈妈的电话就从部队赶回来了。姥姥昏迷不醒，医生正在给姥姥颅内降压，姥姥突发脑溢血。

格子自从懂事起，就被这种恐惧折磨着，不知暗暗哭过多少次了，她以为生离死别是她永远逾越不过的坎，当格子看到奄奄一息的姥姥时，她一下子推开医生，跪倒在姥姥的病床前，大喊：

上帝！让我姥姥活着。姥姥竟然奇迹般地有了反应，她相信姥姥一定听到了她的声音，于是，她坚信，爱是能救活姥姥的。格子忍受着巨大的悲伤，整日守候在深度昏迷的姥姥身边，拉着姥姥的手，和姥姥说话，她要把别后没说的话都补回来，她相信，有些话姥姥是听到了。对于护理，格子好像无师自通。姥姥的颅内出血被控制住了，虽然还是昏迷不醒，但病情似乎稳定了。格子心痛地发现，姥姥消瘦了，格子用黑鱼、甲鱼、草鸡给姥姥煲汤，一小调羹一小调羹地喂，渐渐地，姥姥的脸上居然有了血色。来会诊的医生对格子说，你姥姥的生命真顽强。

妈妈说，自从格子走后，姥姥整日郁郁寡欢，话越来越少，甚至不愿活动。格子知道，姥姥的病是因她而生的。

格子不愿就这样离开姥姥，她续了假，但假期很快又到了。妈妈说，姥姥也就这样了，颅内的血如果能慢慢吸收一些，兴许还能苏醒，你先回去吧！这里有我呢。

格子恋恋不舍地离开了姥姥，没想到这就是永别。

格子回到部队一个星期，姥姥就去了。妈妈在给姥姥喂鸡汤的时候，姥姥呛了一口，颅内再一次出血。妈妈说姥姥临死前睁开了眼睛，竟然说了一句：这回要过河了！然后就闭上了眼睛。

格子跑到池塘边，声嘶力竭地呼喊：姥姥，我真的再也看不到你了吗？告诉我，怎么才能找到你？

格子没有回家，她不忍再看到已经没有气息的姥姥。

格子在电话里阴森森地对母亲说了一句话：你害死了姥姥，你对谁都没有爱！说完她就撂了电话，她就想叫母亲难过。

她恨苏青丹，为此，格子记恨了多年。

姥姥去世后，格子没有再回丽园。

40 迁居上海

骄傲的吴天翔一下子被他热爱的那片天空抛弃了。

吴天翔停飞以后,在上厕所的时候发现,无论他怎么努力,再也尿不出那条漂亮的抛物线了。记得小时候他和小伙伴们,站在北河的石桥上一齐往河里撒尿,看谁尿得远,他一直是这个项目的竞赛第一名。为此他骄傲了许多年。他曾把这段佳话讲给樊茂盛听过,也讲给苏青丹听过。

他在厕所自言自语:怎么尿不直了呢?

苏青丹问:你在嘀咕什么呢?

他竟然感觉这件事羞于启齿,他一直没有把这个变化告诉苏青丹。

有一天,苏青丹打扫完卫生间,对吴天翔说:你以后能不能坐着尿?

其实,苏青丹早就发现了马桶边缘的尿迹,而且知道他是力不从心了,没了准头,才尿得这样里出外进,歪歪斜斜。

奇怪的是吴天翔听了苏青丹的这番话居然没有发火。

自从这件事发生以后,就有了一个重要变化,他一直引以为荣的咄咄气势不见了,他开始羞于性事。

尽管苏青丹一次次唠叨,毕竟都是徒劳,吴天翔顽固地坚持站着撒尿。

苏青丹也只有无奈。

这几年吴天翔一直不顺利,副师长干了 8 年了,起初抓训练,这是他的长项,但出了个一等事故,他要负领导责任,自己要求背了个处分。后来改抓后勤了,但仍然不顺利,仿佛总有人和他暗中作对。为了改善连队生活,发展副业,师部党委研究决定把稻田地改成鱼塘。吴天翔身先士卒,亲自肩挑手挖,辛苦了半年,手都挖出了老茧,鱼塘终于碧波荡漾了,鱼苗也下了,可鱼还没有长大,鱼塘却淹死个孩子。这波未了那波又起,紧接着地勤灶又发生了一起食物中毒事件,尽管没死人,但影响很大,惊动了空军党委,搞得他这个抓后勤的副师长很被动,有一种牛入泥潭的感觉。

都说飞行出身的干部,一扔驾驶杆就没戏了,吴天翔回忆自己,也就是那时开始没有着落的,很有把握的日子,突然飘忽了起来。手握着驾驶杆脚踩着油门的时候,就是有一种豪迈,有一种"力拔山兮气盖世"的豪迈。它几乎叫你忘了年龄,让你虽然已经不年轻了,但依然感觉自己英姿飒爽,在球场上还是敢打敢拼。刚停飞时,是一种失重的状态,就像断了发条的破钟,一下子没了声响。他不喜欢没有动静的生活。他开始整天闷闷寡欢,烟不离口,嘴唇抽得乌青发紫。苏青丹看不过去,说:这不挺好,平平安安的,也算圆满。苏青丹知道说多了没用,就买了些瓜子和糖果摆在桌上。

从表面上几乎看不出什么,但苏青丹自己心里明白,从"9·13"以后,她遭遇接连的不幸,自己刚走出泥潭,大女儿又自杀,接着是两位老人的相继去世。她的心灵上留下了一道道伤疤。触景伤情,她几乎厌倦了丽园。

裴司令下部队,苏青丹吃完晚饭去了招待所,到了裴司令住的房门前,听到里面有人在讲话,吴天翔也在里面。她退了出来,明天要飞行,她知道他们呆不长,就在外面散了一会儿步。没多久,吴天翔和师长政委果然出来了,她这才进去。

和老师长握了手,寒暄过后,苏青丹的脸又变得冷若冰霜。

裴司令问:怎么了? 和吴天翔吵架了?

苏青丹说:没吵架,我来找你给挪挪地方。

苏青丹没提吴天翔,她只讲她自己,讲丽园留给她的伤心事,讲得入情入理,她还提到了格子,讲了母女感情的生疏,讲到最后自己很激动。

裴司令听完她的讲述,很同情地拍了拍她的肩膀说:你放心吧! 我会考虑的。

年底,吴天翔和苏青丹的调令几乎同时下达。吴天翔调后勤部任后勤部部长,苏青丹调空军医院任外科主任。

吴天翔接到调令,似乎并不高兴,他伤感地对苏青丹说:老了,看来只能做做后勤工作了。其实,苏青丹心里明白,他是对丢了驾驶杆耿耿于怀,但嘴里还是说:别占了便宜还卖乖。

1983 年春节前夕,两人走马上任,举家迁到上海。

41 女友男友

裴斐十三岁就进了南空文工团,先是跳舞,后来又唱民歌,最后改唱歌剧,曾经扮演过歌剧《江姐》里面江姐的 B 角。后来文工团解散,她就回到了上海。

裴斐是师部司令部的文书,格子在师部宣传科当干事。

裴斐家依然是格子常去的地方。

裴斐是生来就艳,细看眉眼又都不精致,但搭配在一起,就营造出一种很鲜活的气氛,妩媚得闻得到香味儿。幸亏是穿军装制服的,生生把那俗的东西压了下去,艳才变得有了节制。

生就讨人喜欢,又是裴司令的女儿,自然别人都高看一眼。

格子的美是含着的,一颦一笑都是金的样子。她喜欢读书,而且读书庞杂,久了,脸上自然带有一种书卷气,这就使她像齐白石笔下的荷花,旁人看的是章法和笔势,倒反忽视了她的娇媚。

军旅的紧张严肃气氛,总叫她们像带着盔甲一样,惟独两人到一块时,才都还了女儿身。

两人都喜欢逛街。星期天换了便衣,从南京东路走到南京西路,凡是内衣店,一家也不拉。两人都喜欢买漂亮内衣,人家美给别人看,他们美给自己看。两人在试衣间里换上新买的胸衣,走在街上你看看我,我看看你。胸衣是带垫的,穿上后,胸前很突兀地多了一块。格子说:不好看,很嚣张的样子。于是两人又回到内衣商店换了下来。

她们都喜欢吃甜甜糯糯的东西,于是两人先到王家沙吃汤团,馅是黑洋酥和豆沙的,吃到半饱,然后再去乔家栅吃桂花年糕,回来的时候还要拎一袋红宝石的羊角面包。

两个女孩在一起,太太平平,除了玩出一些吃穿的经验来,终究是玩不出什么故事的。

裴军是田径运动员,在丽园的时候就进了少体校。曾经也是个风云人物,只是他的那个行当留不住盛名。

他曾经是全国青少年手榴弹记录的保持者,标枪、铅球和铁饼都创下过好的成绩,他后来当兵了,在部队放了两年电影就回来了。

裴军复员后在体委工作,他人长得高大,风流倜傥,又是干部子弟，身边总是有许多漂亮女孩子。周末，他摩托车后座上的女孩子就没重过样，但他总是口口声声对格子说自己是“王老五”。

格子不无讥讽地说：哪有你这样的“王老五”？天下的漂亮女孩子都被你一网打尽了。

裴军眯着小眼睛诡谲地说：可还有漏网的。

格子不屑地说：你胃口挺大。

裴斐一语双关地说：裴军，你那种愚蠢的示威赶快停止吧！

裴斐太了解自己的哥哥，他虽然不说，她也知道他心里想的是什么。她从未正面说过什么。她怕格子为难，倒反使两人关系夹生了，她只是想间接地告诉格子，裴军真正在意的是格子。

格子自然是听明白了，于是就说：阿弥陀佛，早被醋淹死了。

裴军说：未必，你不尝怎么知道？兴许是酒呢？

裴军原本就是一个有着亲和力的人，又在体委那样一个热闹的地方工作，自然也有很多吃喝的朋友。

裴斐有一次对格子说：裴军有一个朋友叫项杰，最近常到我家来玩。

裴斐说完就没话了，一副若有所思的样子。

格子说：怎么？相见恨晚？那齐勇怎么办？

裴斐这时已经在谈恋爱了，男朋友齐勇是军区空军副司令的儿子。

裴斐说：他很特别。

格子第一次见到项杰是在裴斐家里。

格子那天和往常没什么两样，穿了条蓝军裤和一件雪白的立领夹克衫，戴了副雷鹏墨镜。

格子走进裴斐家客厅，就发现了裴军的新朋友。

裴军指着他们介绍说:老板项杰,才女加美女格子。

格子招呼不打,墨镜也不摘,正眼都不看裴军一下:你别拿我取乐好不好?

裴斐也说:怎么好话从你嘴里说出来就那么不中听?

裴军不恼,给格子递了罐可口可乐,说:想拍拍小阿妹的马屁,可惜拍到马蹄子上了。

格子不睬他,从口袋里又拿出一副雷鹏墨镜给裴斐。

裴斐刚要戴,就被裴军抢去,戴上对着窗外看了看,说:这分明是格子送我的。这么好的墨镜,哪里搞的?

这边兄妹正在夺眼镜,这时,裴司令进来了,格子马上凑上去说:裴叔叔,你看我的墨镜漂亮吗?

裴司令左右端详了一阵,说:不错,像个女特工。

格子摘下眼镜,笑嘻嘻地递过去,说:这是专门为飞行员设计的款式,你戴戴看。

裴司令说:真的吗?那我戴戴看。

裴斐见老爸上套,马上说:你们看我爸多帅。

裴司令说:呵,果然不错。

格子说:雷鹏牌的,美国空军指定的品牌。给你们部队飞行员一人搞一副戴戴咋样?你看你们飞行员戴的那破眼镜。

裴司令笑着说:这事找你爸,他是管后勤的。

格子说:那你得先发话呀!我朋友是做这个的,可以给你们优惠。

电话响了,公务员把裴司令喊走了。

项杰一直没有说话,在一旁用修长的手指夹着他的骆驼牌香烟,有一口没一口地吸着,饶有兴趣地端详着格子。

裴斐说项杰是总后装备部一位首长的儿子。项杰小眼睛，戴了副金丝边眼镜，头发三七开，一丝不乱。项杰长得不好看，但因为脸部线条硬朗，长得高大，自然弥补了长相上的缺憾。再加上穿戴上讲究，使他看上去有些不同一般。其实，格子打眼一看，就知道项杰的身份了。他那天穿了件八九成新的土黄色将军服，一条笔挺的蓝色毛料裤子，尖头皮鞋擦得油光锃亮。项杰的普通话不纯，有上海口音，他说他妈妈是上海人，岳阳路有他家的老房子。

裴军手头常有各大体育馆的票子，四人就结伴去看。乒乓球、篮球、排球，是球赛就看，反正也无聊。

项杰喜欢请他们下馆子，男人吃饭要场面，喜欢轰轰烈烈。

项杰和一般干部子女不同的地方，不仅仅是他在穿戴上极其考究，而且为人处世也极其精细。他的大气里，有贵族的成分，也有很多善解人意的东西。

项杰在驻沪某研究所工作，据说是搞导弹的，有时去飞机场安装和调试导弹，但大部分时间还是逗留在上海。项杰常常很逍遥，但有时也会很长时间看不到他的影子。

在项杰逍遥的日子里，喜欢邀请他们出去玩。格子也就是那时熟悉了红房子、东海、德大、锦江、和平这些西餐馆和咖啡厅。那些地方通常都是外国人、华侨和很时髦的男人和女人消遣的地方。她们朴素的短发和肥大的军裤在那些地方很是道风景，加上他们字正腔圆的普通话，举首投足之间带着的那种大方和帅气，明眼人一看，就知这些人是有些背景有些来头的。他们在这种高雅的地方，说笑调侃，无拘无束，全然什么都不放在他们眼里。项杰常眯缝着小眼睛很欣赏地看着她俩，嘴角露出让人捉摸不透的微笑。项杰付钱的时候，她俩总是咂舌，那么多呀！但她俩从来不想他的钱是从哪来的，也不领他的情。

不仅如此，项杰经常还能搞到一些洋货送给她们。譬如那时很时髦的雀巢咖啡、听装啤酒、洋酒一类的特供商品。

项杰的朋友很多，但都是一闪而过，不知根不知底的，他好像有意不让别人知道得太多，其实，她们也不想知道，那些人和她们有什么关系？她们跟着他出出进进，其实也就认识项杰一个，对他的那个圈子依然陌生。

有一天项杰请他们在德大吃牛扒和烤牡蛎，出来以后下起了雨，项杰说，回不去了。于是他们过了一个路口，到斜对面的和平饭店底楼，听老年爵士乐。听音乐的时候，项杰突然忧郁起来，他说他外婆早年常来这里，这个乐队是她最喜欢的，他还说他是外婆带大的。格子听到这里，第一次感到，他们也有相同的东西。

灯光恍惚迷离，他们在忧伤的音乐中注视着……

项杰说，没准这乐池中的某个老头，曾经和我外婆有过浪漫的故事。

裴斐有一次叹着气说，看来我哥没戏了，我哥哪是项杰的对手。

格子不响。

裴斐又说，项杰喜欢你。

格子还是不说话。

裴斐说，我敢说他从见到你的那一刻起就迷上了你。

格子不着边际地说，项杰是一个难以掌握的人，我常在他的眼睛里看到忧伤，似乎是没有来头的，大概是外婆带大的缘故，都说外婆带大的孩子多半是忧郁的。

裴斐说，真是搞不懂，那么出色优越的人，哪来的忧伤？

格子说,他此时的忧伤和宁静是动人的。

格子的话裴斐自然是不懂的。

项杰没事的时候,依然到大院门口来等他们,带他们去各种地方。叫他们感到奇怪的是,他几乎熟悉上海的每条街道和弄堂,甚至那些肮脏、逼仄的陋巷。

有一天,他们躺在西郊公园的草坪上,格子突然问,项杰,你最大的心愿是什么?项杰想了想说,周游世界。格子又问裴斐,你呢?裴斐笑嘻嘻地说,到南海买个小岛,做岛上的女王。项杰说,格子,你呢?没想到格子说,我就想自由自在地活着。

格子绝对不会承认自己恋爱了,但那人的影子就是想撵也撵不走,霸道地占据着她的心灵。

他们彼此吸引着,大概是阅历和环境的不同,所以他们给予对方的都是奇异清新的东西。

越是迷恋越是看不懂,越是看不懂越是迷恋。理智又告诉格子看不懂的东西是不能承诺的。于是就闷着,这势必就叫格子痛苦。项杰不停地折腾,分明都是为了格子,可是她就是没有动静。裴斐看在眼里,终于憋不住,说:金童玉女似的般配,还别什么呀?格子黯然泪下,说:越是迷恋,心里越是有个声音不答应。裴斐说:为什么?格子许久才说了句似是而非的话:他的气息不对……一定有一种味道是令我着迷的,我要等待它的出现……

裴斐问:什么味道?

格子兴奋地说:无法形容……一种迷人的味道。

裴斐把格子的话当笑话说给哥哥,裴军虎着脸说了句没头没尾的话:

我告诉你裴斐，不要瞎掺和人家的事。

裴斐一气，说：反正没你的戏。

42 项杰失踪了

项杰是在裴斐举行婚礼的这一天失踪的。

裴斐的丈夫齐勇是江湾机场的一个副团长。

婚礼上，项杰对格子说，裴斐的女工梦看来是破灭了，将来只能当雍容华贵的官太太了。

参加完裴斐的婚礼，项杰就再也没有出现过。项杰眼镜后面那双忧郁的眼睛，常在夜晚出现在格子面前。

她不得不承认项杰是一个有着魅力的男人，但他就是让人无法看透他，他的智慧和伤感一样，都是叫人寻不到渊源的。

一天，裴斐突然告诉她，项杰抓进去了。

格子的汗毛都紧张得竖了起来。

裴斐说，他触高压电了，倒卖汽车和钢材。

裴军呢？没有连累他吧？

裴军怎么了……裴军挺好……项杰给了他些钱，他都还回去了。

叫格子震惊的是裴斐下面的话。

项杰是个骗子。

骗子？

我爸叫人调查过了，总后根本就没有姓项的首长，他其实就是上海人，他的家在闸北区，爸妈都是环卫工人。

怎么会是这样？

什么怎么会是这样？就是这样！他出身低贱，但智商却过人，把我们都欺骗了。

他骗我们干吗呢？

你以为他想骗你？他是想放长线钓大鱼。你爸是干啥的？后勤部部长，要啥有啥的主。

格子的后脊梁冒出了冷汗。

格子终于相信这是真的，但她就是不能理解，难道项杰身上那些高贵、忧伤的气质也是假的吗？如果是真的，他那做环卫工人的父母能给予他吗？生在那样的家庭，又生不逢时，有着过人的智商和周游世界的理想，他能做什么呢？难道当骗子是唯一的出路吗？

这时，格子理解了项杰的忧伤，同时也找到了他脸上常挂着的那种表情的出处。项杰的父亲不在总后，妈妈也肯定不是大家闺秀，当然他也决不会有在和平饭店听爵士乐的外婆。活在谎言中的他，是幸福的，高贵大气，活在现实中的他，是痛苦忧伤的，项杰活在他自己编织的谎言里，他自己都当真了，他也许是无心骗人的。

格子不知将来还能不能见到项杰，她想象不出落魄的项杰是什么样子，每每想到他，依然是那种自视清高的样子。

格子苦笑着给项杰下了定义：一个高贵忧郁的骗子。

时间过得很快，转眼一年过去了，格子还会时不时地想起项杰。一个人要想做到他那个分上，也真不容易。他们在一起时，他总是那么得体，从没留下破绽，温文尔雅的样子。他居然有那样的胆量，简直不可思议。格子有时也对自己说，犯不着去琢磨一个骗子,可她又不得不承认,是项杰帮她打开了外面的世界,也是项杰让她知道做人是有各种可能的。人性是不受道德和法律约束的,人性的力量有时大于道德和法律,当二者相悖时,罪恶就发生了。

43 女大当嫁

裴斐对格子说:齐勇当团长了,晚上到我家来吃饭。

格子说:快嘛!坐火箭似的……还有谁呀?裴斐说:你来了就知道了。

晚上,格子脱下制服,换上一套白休闲服,来到空勤家属楼。格子进屋一看,酒菜都已经上桌,老一套,没有一样是自己烧的:文虎酱鸭、糟猪蹄、盐水花生、水果沙拉。裴斐最烦动油锅炒菜,怕满头满身的油烟味。齐勇拿了四个玻璃杯摆在桌子上。格子问:齐团长,还有谁呀?齐勇笑了笑说:来了你就知道了。还是叫姐夫好,亲切。格子说:那好,你将来当了空军司令,我也叫你姐夫。齐勇笑得眼睛眯成了一条缝。齐勇拿出一盒大中华,抽出一根刚想自己抽,格子伸出一只手。齐勇说:女孩子吸什么烟?格子说:你们总有喜事,让我也沾沾光。齐勇无奈,只好递给她一根,正在给她点烟的时候,门铃响了。裴斐过去,哗地打开门,一个高个子小伙子捧着两箱新疆葡萄进来。格子夸张地说:哇!真高。裴斐说:这是军部接待处的大姜,刚从八一篮球队下来,上海人。接着又补充一句:大姜可是一表人才啊。格子说:上海人也有长这么高的呀?大姜说:我祖籍是绍兴。格子说:绍兴不是出师爷嘛？怎么也出美男？大姜说：绍兴也出美酒和美女。格子说：酒我知道，什么花雕、女儿红，美女我怎么没听说过？大姜说：孤陋寡闻了吧？秋瑾啊！格子说：那是烈女，西施才是美女。大姜说：西施应当来过我们绍兴。

两人你一句我一句打得火热。

裴斐洗了一盘葡萄放在桌上。齐勇开了瓶茅台，平均分在四个玻璃杯里，四人开始喝酒。裴斐的老一套格子早就吃够了，好在有新疆马奶子葡萄，她一边吃一边夸葡萄好吃。大姜说：喜欢吃好办，我北京的小兄弟们跑乌鲁木齐的包机，下次再叫他们带几箱来。

齐勇说：马屁拍得倒快。

大家哄笑。

喝完酒，大姜先走了，裴斐马上凑过来问：怎么样？格子说：什么怎么样？裴斐说：两人一见面就美女美男的，现在倒装糊涂了。格子认真地说：你叫我一辈子守着个漂亮男人啊，累不？裴斐一下子像泄了气的皮球，说：哎！白忙活半天了。格子说：原来你们是为我呀！格子心里自然是有一番感动的。一晃，已经二十六岁了。格子心想：是该结婚了。

44 迷人的气味

吴天翔打电话来，叫格子晚上回家一趟。

晚上，格子抱着一堆会议材料进了家门，看到客厅里坐着五六个人。爸爸介绍说他们是丽园的飞行员，来军部参加飞行主官会议的。格子对老飞们倒有一种自然的亲切,笑着说:我一进门就闻到丽园的味道了。她一边给大家添茶,一边和父亲发牢骚说:人家一堆材料还没校对呢!戚团长马上接上了话:那好办哪!我们吴大队长是秀才呀。大家都看吴为,吴为憨憨地笑了。

格子拿眼睛瞟了一眼吴为,心却为之一动。

格子至今也不知道,那为之一动的到底是什么?

吴为中等个子,看得出是训练的缘故,身材魁梧壮实。五官生得没什么突出的,但和面部平和踏实的神态一道看,却让人有了些感觉,但又是说不清的,舒服又亲切,特别是那憨憨地一笑,把男人的宽厚、豁达和粗犷都带了出来。

吴天翔晚上和老部下一起会餐,喝完酒很高兴,话不免多了起来:我现在管不着部队的训练了,只能做点后勤工作,给大家某点福利,解决一些实际困难。随后,他答应给团里解决一些自行车、电视机和香烟。

格子添完茶就进屋校对材料了,可是有些校不进去。过了一会,听到老飞们要走了,便出来送行。戚团长看见格子,突然想起了什么,很严肃地对吴为说:交你个任务,你留下,帮格子校对材料。吴为笑笑说:团长,别开玩笑了。戚团长说:咦!平时牛烘烘的,是骡子是马,拉出来遛遛,证明一下咱飞行员也是能文能武的。又对着格子说:这小子唐诗三百首倒背如流,能背出梁山一百零八将姓啥名谁,不信你考考他。

大家都看着格子,只见她斜睨了一眼吴为,欣然地笑了,然后说:既然这么厉害,那我就抓一趟公差了。

格子把吴为带到自己房间,说是她的闺房,但她是很少住的。几件印有编号的公用家具,看起来还是像集体宿舍。格子给吴为冲了一杯雀巢咖啡,自己泡了杯碧绿的西湖龙井,两人把材料一分为二,便埋头开始校对。

格子不善写公文,却善于“纠错”,不管是谁的文章,只要到了她的手里,白字错字、语法上、修饰上、逻辑上,总要给你找出些毛病,所以,在师部她被誉为“挑刺”专家。

那晚,吴为倒是叫她服了。他们干到半夜十二点,吴为没有动过窝,找出十二处明显错误,格子因为有些分心,没有太用心,只找出五处错误。

格子送吴为去宾馆。深夜,空气清新,两人默默走在林阴道上,还是格子先开了口:

怎么是中校?比别人多一颗星?

我们大队连续三年先进,我被空军党委任命为优秀飞行员和优秀基层主官,所以破格定衔一级。

噢!挺不简单。

一时都没了话,只听到两人沙沙的脚步声。

吴为在想格子刚进屋时的样子。

哎……你说你闻到丽园什么味道?

格子说:你身上就有。

我怎么闻不到?

你大概嗅觉不好。

丽园有两种味道最叫我难忘。

哪两种味道?

一种是夏天栀子花的味道。

还有一种呢?

飞行服的味道,那种熟过的皮革的味道。

我怎么没闻到过?

你仔细闻闻你的毛衣和绸衫。

吴为真的低头闻了闻自己。

格子说:你大概是闻不到的,你们整天捂在那种气味里,嗅觉对那种气味自然就麻木了。可是我能,我不但能,而且能在熙熙攘攘的大街上一眼就把你们分辨出来,信吗?

我倒要听听看,你是怎么把我们分辨出来的。

若是离得近,从气味上,我就能断定他是不是飞行员。

要是离得远呢?

先从眼神上判断,看到摩登女郎,脖子梗在那里,目光直直的。

吴为呵呵地笑了。

说对了吧?

吴为连连说:差不多,差不多,还有呢?

再从穿戴上也可以判断。西服穿得一般不合体,有点像傻冒儿,无论穿什么,领口那儿总是露着半截绿绸衫。我很熟悉那种绿颜色,绿得有点发蓝,没有任何绿色是那样的。

还有呢?

头上通常有一个类似孙悟空头上那样的箍。

对!是头盔压的。

吴为和格子一起笑了起来。

到了宾馆门口,格子停住,说:你回吧!

吴为说:我再送你回去吧?

他们又按原路走了回来,吴为感慨地说:今晚的夜色真迷人。

格子说:还有一种好闻的味道。

两人没有再说话。

到了家门口，格子看着吴为的身影消失在夜色里，突然一阵迷茫和失落……

45 强击机飞行员一夜做了九个起落

1988年，格子和吴为结婚了。

强击机飞行员在新婚之夜做了九个起落，格子被瓦解得七零八落，想嚣张一下也没了底气，但还是硬撑着说：因为不懂，所以无畏；因为不知，所以骁勇。

她这一说倒把他说得很羞愧，心里有抱歉的意思，但又不知怎么表达出来。

见他讷讷地不说话，她来了劲儿，不依不饶，你尽兴了，总得让我也反攻一阵。又说：傻小子睡凉炕，全凭火力壮。以为是自己人了，说话便更没深浅了。好在缱绻的时候，说什么话都是中听的。

说归说，心里还是欢喜的，像在朗朗的天空下看到漫山遍野的鲜花。

男人用强势垫定了一个基调，就像给未来生活竖起了一个不倒的旗杆。

格子终于体验到，有一种被占领是心甘情愿的。

过完新婚之夜，格子问：

吴为，谁是你宝贝儿？

你。

格子又问：

在这个世界上，谁是你最亲的人？

你。

格子听后心满意足地笑了。

在这个很大很大的世界上，她终于有了一个亲密的爱人。

婚姻于这对男女真有点石破天惊的味道，破有打开的意思，惊有惊艳的意思，都是喜的欢的，是飞扬向好的，宛如鸟儿，因飞得高，才看到了山的壮阔和水的蜿蜒。

婚姻于他们也有一石激起千层浪的意思，简单的两个人，突然有了许多故事。

两个人虽都在军营，穿的都是制服，却是截然不同的。他们的思想和行为总是南辕北辙，一个在人间红尘里，一个在天上云里雾里。

吴为的世界是清冷空旷的，都装在他的飞行皮囊里，看得见的是高山峻岭、江河湖海、等高线、空域线和飞机场。他的世界里无怨也无悔，是非分明，一是一，二是二，没有夸张浮躁，也不悲凉喜悦。他的世界无色无味，真得让你感到寂寞和空洞，但同时又让你感到恒远和安全。

她有时觉得他是糊涂，没心没肺，愚钝，所以才可以无痛无痒，刀枪不入。

因为不可理喻，所以崇拜，所以心存敬意，人，怎么可以做到这样？

格子的世界是嗅得到香味看得见颜色的，有人间的暖意，但又有些似是而非，恰似“水底有明月，水上明月浮。水流月不去，月去水还流。”

科学和逻辑在格子那里都讲不通,对吴为来讲也是不可理喻,也是因为不懂,所以感觉新鲜、别开生面。

她总是蛊惑他,动摇他,而他也总是以不变应万变,动的仍然是她。这倒使她有了圆心,有了归属,有了把握。

两人千万般的不同中,最根本的不同是,吴为万般事一眼就看到了尽头,便到终点候着。而格子万般事是依着性子的,结果并不重要,喜欢迷失在山花烂漫中。

即使有千万般的不同,她依然是爱他的。

转眼,蜜月就结束了。心里都有一些不舍,但毕竟都是军人,离别也是爽快的,何况也不是远隔着千山万水。

临别前,格子淘气地问:老九,走了想我吧?

吴为马上反应过来为什么叫他老九,于是,做了一个发力的很夸张的打人动作,但最后还是舍不得,把手轻轻落到了格子肩上。

叫习惯可就改不过来了。

干吗要改?挺好听的!

好听是好听,但只限于你我之间叫,要是叫外人听到了,问起缘由来,你怎么向人解释?

照实说呗!

于是两人都大笑。笑毕,格子问:你还没回答我呢!回去会想我吧?

吴为说:想。

飞到天上时会想吗?

吴为想了想说:下次回来再告诉你。

吴为每个月回来一次,有三四天的休假,进门的时候,四只眼睛看到的,全是喜,慢慢地,各自的秉性陋习就出来了,好在抱怨的话还没说出口,走的日子就到了。人走了,都解脱了。于是,日子又像往常一样。可和那个人之间,像有一条松紧带牵着,思念像水下的葫芦,不知不觉地又会浮上来,想到有些苦涩了,人便又回来了。

两人虽然结婚了,过的还是单身的日子,你来我往,像月亮的阴晴圆缺,倒平添了些常人没有的情趣、浪漫和洒脱。

46 告老回家

吴天翔没想到,自己会这么快就从后勤部长的位子上退下来。倒是苏青丹早就看出了端倪,知道他兔子尾巴长不了。

当了后勤部长以后,很多人羡慕,他却不以为然,戏称自己是搞服务的,做不了惊天动地的大事了。

后勤工作的细细碎碎是缠人的,吴天翔感觉不爽,他压根不喜欢大机关这种松散的气氛。他喜欢下部队,往基层跑,一到飞行团就像到了家,和小伙子们打球、吹牛,喝酒,快活得像神仙。他其实是个性情中人,团长们抱怨条件差,飞行员的福利跟不上,他就动情,说:有权不用,过期作废。他这一动情,给飞行员宿舍都装上了空调。

当局者迷,旁观者清。苏青丹看在眼里,有时旁敲侧击,但也无用。

裴司令调走了,新司令走马上任。苏青丹说:你是搞后勤的,该去司令家看看还缺些什么,问问家属孩子工作都安排好了没有。吴天翔一听就气了，说：去的人都挤破门了，还要我去干吗？你休想我去做这种下三滥的事！

苏青丹无奈，只好说：不去就不去呗！干吗这么激动。

当吴天翔给自己的仕途画上了句号时，苏青丹的事业却如日中天，已经晋升为院长了。

苏青丹话里有话地说：你有没有听说谁从后勤部长这个位子直接退下来过的？

苏青丹本来想说：当过后勤部长的都提升了。

吴天翔气得把杯子咣啷一声摔到了地上。

格子一进家门，吴天翔就说：我要和你妈离婚了。

格子在两人的脸上瞄了一会，问：怎么了？

苏青丹不说话，吴天翔就说：你妈嫌我官小。

苏青丹这才抢了一句：我要是图官大的，也不找你了。

不说也罢了，这一说，更是火上浇油。

吴天翔说：你就是念念不忘你那个副司令。

苏青丹气得脸都涨红了：越活越狭隘，不该计较的也计较起来了。

格子一边收拾地上的瓷杯碎片，一边说：爸，你怎么还学会吃醋了？早干吗了？你明知道我妈喜欢那个副司令，干吗还要追我妈？

吴天翔说：你爸那时可不是现在这个样，他副司令也不是我的对手，你妈最后不还是老老实实嫁给我了？

爸，我说你糊涂不是？你和那位副司令叔叔早年的较量，谁胜谁负，看看我就知道了，我就是你的战利品。

格子的话看来中听，吴天翔笑了。

格子便又添了一句:我爸是谁?我爸多厉害。

经女儿这样一哄,吴天翔的眉头全都舒展了。

格子理解父亲,他和母亲发火,是醉翁之意不在酒。格子给自己冲了杯咖啡,挨着爸爸坐在了沙发上。

格子看爸爸的气消了,就用力拍了拍爸爸的肩膀,说:爸,若现在给你架飞机,你还能飞上去吗?

吴天翔想了想,两只手开始活动起来:右上五下一,左上全打齐,关电台,看电压,推油门,按双发,灯亮计时把车刹,十秒转速起,十五秒温度指,三十秒正负一,双发灯应熄……只是落地的感觉有些模糊,但无大碍,能够安全降落。

吴天翔显然是有了精神。

爸,你知道我在想什么?

咱们家可以开办一个航空训练学校,你当校长,吴为负责教航空理论,你驾驶杆玩得好,还要兼教员,我妈负责搞后勤供给,我负责对外联络。

没想到吴天翔两眼放光,说:对呀,没什么不可以的。想当年,美国的那个退役飞行员陈纳德,带了些美国人,组织了一个自愿航空队,到中国来打小日本,不是把动静搞得很大,最后把罗斯福也惊动了?美国政府还收编了他们,变成正规军了。

吴天翔说到兴头上,见苏青丹到客厅来泡茶,就又加了一句:还娶了中国太太,把美人陈香梅给收编了。

说完,呵呵呵得意地笑了。

格子说:爸,中国搞改革开放,发展私有经济,将来富人有的是。现在他们买私家车,奔驰、宝马、凯迪拉克、奥迪。再富了,没准该买私家飞机了。

吴天翔说:买了飞机,就得来我们学校学飞行。

格子说:所以我们的产业是朝阳产业,等着看好吧!

两人谈得兴奋,原来父女俩如此相似,能凭空地欢喜起来,看来都是不着边际的。

客厅里两人的对话,苏青丹都听到了,她并没有受到感染,她只是对格子说:没事常回来坐坐,你爸是个热闹惯了的人,受不了冷清。

47 情未足,夜如梭

红绣鞋

> 挨着靠着云窗同坐,看着笑着月枕双歌,听着数着愁着怕着早四更过。四更过,情未足;情未足,夜如梭。天哪,更闰一更儿妨甚么!

婚后,格子和吴为的生活就像这首元曲一样俚俗和生动。

吴为回来了。

夏季,午休漫长,房间里整日弥漫着吴为的气息。那是一种说不清的味道,烟草味、皮革味、体味融合在一起,熏得格子春心荡漾,柔情似水。两人做完爱,缱绻在床上,光线透过窗帘,照在他们光滑细腻的胴体上。

格子看着吴为白皙健硕的身体,没有来由地嫉妒起来。

格子说:吴为,你初恋的女孩是谁?

吴为想了想说:你就是我的初恋女孩。

你别虚伪了,我是说在我之前。

好像是没有的。

怎么会没有初恋?

还不懂事呢,就当兵了,接触不到女孩。

从来没喜欢过谁?

吴为又想了想,不好意思地说:喜欢过。

格子着急地问:谁?

吴为说:那时看电影《阿诗玛》,就想,将来找爱人也要像阿诗玛一样漂亮。

格子听后感觉有些索然,一个没有初恋的人,叫人有些不可理喻。

吴为问:你呢? 你的初恋一定不是我吧?

格子笑嘻嘻地说:我可没有你纯洁。小时候我总是和一个叫飞飞的哥哥在一起上学和下学,别人都喊我们是小两口,可是后来大了,不知为什么倒生疏了,不再往来了。

吴为刮了一下格子的鼻子,格子说:其实,那也不是初恋。

格子的眼神突然变得忧伤起来,格子讲了红善和他的故事。

吴为说:我知道戴卫国的事,只是不知道他爱的那个女孩是你姐姐。

格子说:戴卫国就是我的初恋。

吴为看了看格子,没有说什么。

格子说:那时我就知道,将来我会嫁给一个飞行员。

吴为深情地抱住格子,说:前人种树,后人乘凉。我还真得感谢戴卫国。

48 项杰再次出现

格子虽然结婚三年了,但依然居无定所,过着单身生活。

项杰再次出现在格子面前的时候,她的日子正过得有点像教堂上的大钟,到了点响一阵,之后便归于沉寂,有些慵懒和无聊。

项杰的重新出现带着一种隆重的气氛,当然不是张灯结彩的那种,是咄咄逼人的彰显,理直气壮的样子。

他能做的,别人是做不来的,若做了,也不自然,会有刻意粉墨登场的意思。

格子来到营门口,问站岗的小战士:谁找我?小战士指了指不远处停着的豪华轿车。

格子望过去,有一部白色凯迪拉克很招摇地停在师部操场上。车牌很醒目,Z 字打头,后面是 888888,据说像这类私车拍牌,比如 666666,181818 等等,价格被上海的一些“新贵”们在市面上已经炒到了三四十万。他们开着这种车招摇过市,警察对他们也网开一面,待遇相当于两位数的政府车辆。

格子正纳闷,车门开了,下来一个西装革履的人,迎着她走了过来……

他们走到距离三四步的时候,都停住了脚步,彼此端详。夕阳从一侧照过来,他们的脸因为有明暗,显得凛然……

项杰的嘴角慢慢地翘起来,笑了。

格子也笑了,有些“相逢一笑抿恩仇”“往事成烟云”的意思。

格子上了项杰的车,车门一关上,外面的声音一下子被阻隔掉了,车内响起了隆重的交响乐。

一路上他们什么也没说,仿佛都沉在音乐里,其实,他们都在回忆往事。

他们来到西区新开张的扬子江大酒店。

窗外正是夜与昼之间,西区摩登林立的楼宇,在若明若暗的天际中,灯火璀璨。

项杰的身上弥漫着名牌香水的味道,头发一丝不乱。他用白皙的手指夹着骆驼牌香烟,凝神地看着格子,今晚,他似乎对什么都不屑。

不愧是上海餐饮业的老大,装修和菜肴都彰显尊贵、豪华和精湛。好在格子不是一个容易卑微的人,好的坏的在她看来都没有什么了不得。

格子原本就不是画面上那些鲜艳、敏感,带有情绪的色调,她是打底用的大色,或白或黑,与什么都是相配的。

格子的身上有很大气的东西,而这种大气又是可着得上颜色的,这就有些妙丽了。

项杰在很多女孩子身上都看不到这些。

格子面色红润光洁,不施粉黛,穿了一件白色 T 恤衫,蓝军裤,在周围红男绿女、珠光宝气映衬下,倒另有一番韵致。她有些慵懒地偎在舒适的椅垫里,一边用指肚轮流敲打桌面,一边若有所思地看着窗外的景色。

餐具被服务生撤下了,现在餐桌上只有两杯香气四溢的咖啡。

格子什么也不想问,既然你找了来,自然是有话要说的。

似乎到了说话的时候了,项杰不慌不忙地点着了一根烟,叼在嘴里,又用灵巧的手指把玩了一会手里的打火机。

男人漂亮的手和银色精致的打火机,把格子的目光吸引了过去,她不由自主地顺着那弯在餐桌上的手臂,看到了笔挺的天蓝色衬衫,和领口下的银灰色领带。

像是不经意地进入了角色,迷离的目光变得有了实感。

两人的目光这才缠绕在了一起。

他讲了他的离奇身世。他是一个私生子,上海的父母是他的养父母。他的生身父亲在北京,是总参的一个高官。1957 年父亲来上海疗养,认识了西郊宾馆的女服务员,父亲很快坠入情网。父亲早有妻室,又官位在身,仕途和情缘不能两全,父亲最终还是舍弃了情分。本来也许就了了,可他生不逢时地降生了,母亲为此丢了工作也丢了名声。他外婆是一个有些阅历的女人,托亲戚把母亲带到了香港,然后叫来父亲,把他的儿子交给了他。父亲万般无奈,只好把他托付给现在的父母,条件是要接受他的接济。上海的养父母虽然地位卑微,但老实厚道。他们没有子嗣,所以对他非常宠爱。他懂事后,发现总有钱定期汇入家中,感觉蹊跷,便开始追问自己的身世,养父母无奈,只好如实说了。他后来到北京居然找到了已经身居高官的生父,便开始有了往来,直到 1984 年生父去世。他的养父母依然活着,他们如今已经搬出了闸北,他在安福路为他们购置了新居。生母早已联系上,他们经常在香港见面,外婆后来被生母接到香港,多年前就去世了。

项杰说,他的身世已经注定他要走一条常人没走过的路。

项杰说:人性向往追求自由的力量往往大于法律和道德对他们的制约,向往光明会叫他们一次次铤而走险。

项杰真是个绝顶聪明的人,他就这样把他的前嫌汤水不露地全泼了，就像把乌黑的老房子重新修缮了一遍，房子还是那个房子，但已是张灯结彩，焕然一新了。

他说：这些年，你一定想知道我去哪了。你根本无法想象……我进了一所大学，我想它应该是世界最好的大学，我在里面学到了在任何一所大学都学不到的东西。我去过很多国家，大到美国，小到梵蒂冈，接触过形形色色的人，倒腾过包括军火在内的各种各样的商品，看到了很多野蛮和文明的东西。我从中得出一个结论：贫穷会滋生出很多丑的和恶的东西，而美的文明的东西大都是以资产和财富作基础的。自从我知道这个道理后，我便在商海中拚杀了，可以说，我的经历，比小说更离奇精彩。

项杰没有描述他的离奇经历，他换了一个话题，他指了指自己的脑袋说：这是一个了不起的家伙，人和人的区别，其实都在这里。同样是有钱人，有些人搞水产、开饭店，指甲里沾着污垢，头发里呛着难闻的油烟味，挣的是辛苦钱，血汗钱。那样的钱，我宁愿不要。我搞有科技含量的新型产业，比如电脑和网络。你去大商场和超市看看，到处有我们的杰出电脑和网络。我还热衷于投资，让钱滚钱利生利。比如圈地，在青岛的西部开发区，在张家港高科技园区，在浦东……我都有地块。土地是不可再生的资源，它会叫你赚得盆满钵满。这看起来似乎很容易，但大部分人做不来。他们没有魄力，没有原始积累，没有读过我那样的大学，关键，他们没有我这样的头脑。

在他那里，赚钱似乎只是一个头脑加智慧的问题。这种话题是很容易叫人亢奋的。格子不是因为闻到了钱的味道而亢奋，对于钱，她是没有概念的，比如有多少钱才算有钱。她想也没想过。她的亢奋是因为她突然领悟：生命的领域原来是广阔无垠的。

那晚,当项杰送格子经过霓虹闪烁的闹市时,她开始对人生想入非非了。

原来,这人生的热闹都是在眼前的。

49 性,真是个好东西

格子三十岁这天突然伤感起来。

格子捧着脸问吴为:我老了吧?

吴为轻轻地抚摩她的脸,笑着说:正春色满园呢!

两人做完爱,都有些意犹未尽。两人拥着,甘苦自知,心里都在感叹这聚散离合的日子何时是了?

格子依偎在吴为身上说:三十岁了,才知道性的好,你说我们是不是太可怜了?

吴为说:你调到我这边来吧。

话说得突兀,毕竟是简单的人,不会儿女情长的,所以说出的话自然就够不到女人的心。

格子说:让我成为你的家属?给你煮饭?

夫妻之间的欢爱实在是好,吴为是因为有些迷恋,有些割舍不了,对分离有些厌倦,才说出那样的话。格子想和他缠夹一下,好让他说些中听的话,没想到被格子这样一逼,倒没话了。毕竟不是情场上那路风流的人,随便说说都是情话,可这个男人即使心里缱绻着,也还是词不达意,连现成的话都不会说。

格子反问:你怎么不调回来?

我一个飞强击机的,调到歼击机部队,那不得坐冷板凳?还不如停飞。

话是实话,但不是此时该讲的。两人的话里似乎都没有非要厮守在一起的意思。

两人就像是麻花,明明是好,但却非要拧着。

性欲就像陈年老酒,浓烈香醇,让两人如痴如醉地沉湎其中。特别是格子,一个月当中,仿佛只有吴为回来的这三四天是她自己的,因此她把身外的事情看得很淡。

他们小心地开采着性欲这个神秘的矿井,原来那里面也是精彩纷呈、繁花似锦的。

格子觉得性欲是生命中最富饶的矿藏。

但再富饶的矿藏也有枯竭时,想到这里,格子很灰心,很无奈。

两个人生活在一起以后才发现,他们两人的思想和行为其实是互相排斥、南辕北辙的。两人在一起经常发生一些稀奇古怪的事,并为此而争吵,但奇怪的是,这种分歧从来没有成为他们性爱的障碍。两个人的身体,一接触就会迸发出火焰,点燃他们的身体。他们的身体和身体之间有着超乎寻常的吸引力,特别是他们身体的契合,掩盖了他们在别处的不契合。但这也没关系,他们毕竟不是朝夕相处,吴为一个月回来一次,这种旱涝不均的非正常状态,倒叫他们都没有过早露馅。

50 月亮池塘

吴为早晨起来呆呆地坐在床上,有心事的样子。格子问:怎么了？他却不说话。

格子感到有些蹊跷。

格子前脚上班，吴为后脚就骑自行车出去了。

晚上格子把饭从食堂打回来，依然不见吴为的踪影。

格子感到蹊跷，一整天都不回来，他会去哪儿呢？

吴为会有什么秘密吗？格子似乎走不进吴为的内心世界，更不知他的所思所想。

格子看完“焦点访谈”，吴为才风尘仆仆地回来。

格子有些生气，说：再不回来，我就要报警了。

吴为上前抱住格子，说：生气了？

格子说：是着急，我以为你丢了。你去哪儿啦？

吴为说：去海边了。

格子惊讶地问：海边？骑车去的？

吴为点头。

格子问：那么远，去干吗？

吴为不语，脸色陡然就阴了。

过了许久，吴为说他去海边祭奠一个人……

格子的身体本能地缩起来，感到一阵寒冷。

吴为说：1973 年，我们县城里最大的新闻就是空军到我们那里招了两个飞行员，一个是我，另一个是刘庆。我家和他家仅隔十里路，我们的情况非常相似，只不过他比我更倔强、更内向。最初，在航校我们飞的是初教六教练机，这种飞机简陋，没有安装海上救生设施……那时我们刚放单飞不久，飞简单的起落，一般围着机场飞……可我们都是新学员，紧张、兴奋、没有经验……刘庆迷航那天也像今天一样，天气非常好，也是快到春节了……我们通常在飞机场的西面飞,然后向东,面向太阳,进入机场降落……后来我们知道,他那天飞到了机场的东面。他向塔台报告说他迷航了,找不到机场了。指挥员让他看着罗盘向东飞,他说他看罗盘自己是在机场的东面。指挥员武断地命令他保持最佳耗油速度,向东飞,一直向着太阳飞……他就这样一直向太阳飞去……越飞离飞机场越远……越飞越没有希望……指挥员问他看到了什么?他惊恐绝望地说:下面都是水。这是他最后的一句话……以后,指挥员无论问他什么,他再也不发声了,无线电里沉寂一片……

格子哭了,泪流满面。

吴为说:刘庆说完最后一句话,便进入了孤独、绝望的航程……空中的时间是非常非常漫长的……

格子问:他没有跳伞吗?

吴为说:寒冷、巨浪、鲨鱼……但愿他没跳。

格子说:什么都没找到?

吴为说:几个月后,渔民打捞上一块飞机的残片。

听完吴为的故事,格子久久不说话。见格子难过,吴为有些后悔,于是就说:你猜我今天看到了什么?格子看了看他没有说话,他继续说:我今天在海边找到了那个月亮池塘,在它旁边还有一个低矮的山丘,山坡上金黄一片……

格子问:就是你飞夜航时看到的那个池塘?

吴为说:是的,夜晚,我从空中朝下看,它是银色的,宛如一弯月亮,非常好看。

格子说:带我去那里好吗?

吴为说:春天我一定带你去。

格子问:为什么要等到春天?

吴为说:待到山花烂漫时呀!

格子说:一言为定!

吴为突然深情又伤感地说:格子,如果哪天我丢了,你记住,就到那里去找我。

51 不说爱的男人

上海杰出科技实业有限公司设在市中心一座五星级宾馆的套房里。

格子按了门铃,门开了,一张叫人惊艳的脸,声音也是甜甜稚嫩的:是苏小姐吧?您好,我姓白。项总在开会,您先坐这儿等一下。

格子坐在沙发上想:白小姐大概是项杰的秘书吧!守着这样的秘书还不得乱了方寸?

大概是因为白小姐进里面通报过,会很快就散了,走出一些人来。项杰也出来了,他一见到格子,就显出很高兴的样子。他的手很夸张地伸了出来,然后绕到格子的背后,轻轻地揽了一下,说:来,到里面坐。

白小姐的笑容虽然还挂在脸上,但眼睑却不被觉察地低垂了一下。

项杰交代白小姐:给格子倒一杯 BAILEYS 加冰块。

格子一进项杰的办公室,就被他身后一幅巨型效果图吸引了。那是一座酷似男人阳具般的摩天大厦,咄咄逼人地裸露在蓝天白云之中。

项杰说:那是我的理想,也是我工作的动力。它是我们未来的标志性建筑——杰出大厦。

格子很认真地欣赏着那幅画。她突然想起那天在扬子江大酒店吃饭时,外面林立的高楼,就叫她产生过那样的联想。

项杰问:怎么样?

格子抿了一口酒,很陶醉的样子,她说:这真是女人喝的美酒。她接着又说:真是一个大胆的设计。

项杰也陶醉地说:也只有我会这样别出心裁。这个灵感是那天我们在扬子江大酒店吃饭时产生的。

项杰又说:我喜欢和能给我灵感的女人在一起。

这是他对格子说过的比较清楚的一句表达心声的话。

此时的格子依然不言,她不说确定不了的话。项杰不追逼,喜欢一路欣赏下去。

项杰带着格子出入他的社交圈子。这位女朋友显得十分另类,只要她在场,项杰总是妙语连珠。他对格子小心呵护着,但又不是很亲密的样子,别人看不懂他们到底是什么关系。

项杰约格子到新锦江吃饭,格子以为是聚餐,可到了才看到包房里就坐着项杰一个人。酒和冰块一上来,项杰就把小姐支走了。格子纳闷:没别人了?项杰看着格子说:今天是请你的,就咱们俩。项杰看起来有些异样,像是有要紧的事要谈,格子也不问,两人开始喝酒。

项杰的隆重和人家的不一样,是没有声响的,也不张灯结彩。

酒喝得差不多了,项杰仍然不摊牌,格子耐不住,看着项杰,单刀直入,问:你有事吧?项杰不语,拿出几张照片递给格子。格子感到蹊跷，照片上是海边的一幢白房子，有不同角度的外景，还有室内的布局，装修豪华的客厅、卧室、厨房、卫生间。格子一边看一边称赞道：哪里呀？真是个好地方！项杰说：珠海。格子说：我还以为是国外呢！项杰问：喜欢吗？格子说：喜欢。项杰看着格子，出人意料地说：这房子是给你的。格子这才从照片上抬起头，久久地看着项杰……

项杰很严肃地说：格子，做我的女人吧。

格子说：你是说……

项杰忙打断格子的话，说：你怎么理解都行。

格子说：你是叫我背弃亲人，远走他乡？

对！我想叫你幸福，爱你想爱的人，做你想做的事。

有这么简单吗？

对！就这么简单，麻烦都是人想出来的。

你的设计美得像昙花，可是我看不到未来。

幸福的人生就是要不断花开花谢。

你是及时行乐不想后果的。

又是谈不拢。

格子突然笑了，掉转话题：你凭什么？你对我连个"爱"字都没说过！

项杰也笑了：对你，我只做不说。

项杰这般看中，倒是叫格子陶醉和感动了一段时间。

很多年以后，格子还会回想那天的情景，如果格子当时同意了，便成了被包养的女人，也许她便是最早的"二奶"了。

很多事情有时就是一念之差。

52 项杰和吴为的会面

那件事情过去以后，项杰和格子之间并没有芥蒂，像什么都没有发生过一样。他们再没提及过那件事，两人的关系依然风和日丽。

对格子来说，内心是感动的。项杰为她做了那么多，但并不勉强她什么，过去就过去了，拿得起放得下。格子倒是喜欢有这样做派的男人，虽说邪了些，但不乏大气。对于女人来说，这种亦正亦邪的男人最具有蛊惑性。

项杰要请吴为吃饭，已经说过几次了，项杰似乎很想见见吴为。

格子好像并不愿意，再好的朋友之间也应当有隐私，吴为就是她的隐私，而且是与性有关的隐私，她不愿意把自己的隐私暴露在别人面前，特别是项杰。

项杰在楼下揿喇叭时，吴为正在快乐的顶峰。格子一听到那柔和的喇叭声，就知道是谁了。她下意识地将自己的身体抽了出来，慌乱得像被人捉奸在床。

项杰看来是执意要见吴为。

格子虽说不情愿但也无奈。

项杰西装领带，有款有形，文质彬彬。吴为小平头，军裤上面随意穿了件无领 T 恤。

两人见面握手，都说久仰久仰。

上了车，项杰对吴为说：听说你要到北京深造，我约了几个朋友给你饯行。

项杰很隆重地向他的朋友们介绍战斗机飞行员吴为，并且把风头都让给了吴为，那晚飞行员成了项杰酒桌上的中心。吴为大杯喝酒，说话豪爽，神采照座，一点不比那些款爷们逊色。

项杰毫不掩饰自己对战斗机飞行员的羡慕。他说老天不公，老天从来就不成全他，所以，他成不了天之骄子。他还说他小时候的愿望就是长大要当一名战斗机飞行员。

吴为说：很多事情都是命中注定，七分天意，三分人事。

项杰说：我不知天意为何，我更愿意把人事做足。所以，到了我身上，就成了七分人事，三分天意，凑起来也是十分，只是成色不同。老人家说过，世上无难事，只要肯登攀。我坚信无疑。

吴为说：老人家虽然是个大儒家，但他身上还是天意的成分多。

项杰说：老人家说过，与天斗，与地斗，与人斗其乐无穷。我觉得与人交往才真正叫我振奋和欢快，才叫其乐无穷。

吴为似乎不接他的话茬，自顾自说：贵人往往不觉其贵，美人往往不觉其美，绝世的好文章皆出于无意。

项杰还在品味吴为的话，吴为已经又拿起了酒杯。

格子冷冷地看着两个男人的交锋。

格子事先怎么想，都认为吴为和项杰是两条道上的男人，没想到他们竟然也是能热闹起来的，而且吴为是占了上峰的。看得出项杰对吴为不是客气，是崇拜。

和项杰见过之后，吴为没发表任何评论。格子问起，他像是早有准备地说：具有诱惑力，但是个危险人物。

格子听后没有说话，看来是有些赞同的。

过了一会格子又说：项杰的魅力是，他具有一种非凡的创造力。

吴为说：危险的诱惑。

吴为去北京读书了，要到过年才能回来。

53 满小丽到上海

满小丽在上海一安顿下来，就带着东北的野山参和鹿茸来看苏青丹。

十几年没见了，往事如烟，如今的人和事都已是另外的风景。重逢是平淡日子里的喜悦和惊怵。

满小丽一进门，苏青丹的目光便没有离开过她。真是神奇，岁月几乎没有改变她的容颜，反而给了她从前没有的风韵。这是要有一番经历的，苏青丹什么看不出来？

满小丽是以政府驻沪办主任的身份来上海的，来头似乎不小。当晚。满小丽执意要在和平饭店宴请苏青丹一家。

满小丽一直向门口张望，格子终于出现了，一个香气靡然婀娜迷人，一个出水芙蓉尘埃未染。满小丽抱着格子，两人亲密地贴了贴额头。项杰看着面前的两人，一时倒被迷住了，没有感觉被冷落在一旁。那两人端详够了，才想起旁边还有人。满小丽和项杰握手时，看到他戴着一个很大的钻戒。

满小丽把格子拉到自己旁边坐下，项杰便挨着格子坐了下来。

满小丽说：早就把我忘了吧？

格子说:你给丽园搞出那么大的动静,忘了谁也忘不了你呀!

大家都笑了,连吴天翔也笑了。

满小丽问:格子,苏医生说,你老公也是穿皮夹克的。

格子说:那怎么办?生在这小庙里,接触的都是穿袈裟的。

满小丽斜睨了一眼项杰,说:那好办,走出来呀!

格子说:没办法,就信任穿制服的。

有了格子的加入,自然就热闹了很多。

吃完饭,满小丽叫自己的司机送苏青丹和吴天翔,然后又邀请格子和项杰到她那里坐坐。项杰开车,一行三人来到太原路一处花园洋房前停了车。走进院子,一下子感觉静了下来,院子里竟然长着高大的香樟和银杏。

满小丽的办公室很大,摆设豪华。

满小丽拿出酒,是用野山参泡的,她请他们尝尝,于是,三人又喝了起来。

项杰殷勤地一口一个满姐地叫着,但却不像往日那样话多,满小丽看来也不把他当外人。

满小丽说:在部队,我是出过恶名的,把一个好端端的家庭毁了……

项杰摆出一副洗耳恭听的样子,而满小丽却不讲了,她把话题一转,洒然地说:不破不立,否则谁知道你?

项杰说:像满姐这样的人,到哪里不是一石激起千层浪?

满小丽看着格子说:女人仅有一个漂亮的脸蛋还不够,苍蝇不叮无缝的鸡蛋,我是幸亏那臭名声。

格子不解,项杰却恍然地笑了。

那晚,三人聊到很晚,满小丽把格子留了下来,项杰临走时说:改天满姐到我那看看。

满小丽欣然答应了。

原来,满小丽的办公室是个套间,里面就是卧室。

满小丽洗好澡,光着身就出来了。满小丽抱歉地解释说:没有习惯把内衣带到卫生间,平时,也都是出来穿衣的。

满小丽的皮肤有着牛奶和缎子的质感,肩膀以及锁骨都惊人的美,乳房的样子异常诱人,丰满地微微下垂着,而乳头却调皮地微微翘着,几乎和她嘴唇的鲜艳浑然一体。腋下光洁平滑,下体的毛发也是精心修葺过的,像一把小小的黑折扇生动地镶嵌在那里。

不是什么人都配的,这生动妖艳的怪物给了格子丰富的联想……

格子没有来由地嫉妒起来。她不是嫉妒她,格子嫉妒的是一个隐形人。

格子看着那颤微微晃动的人体,居然惊怵紧张起来。这和公共浴室看到过的那些女体是不同的,包含着欲念,充满着危险的诱惑,看着看着,自己倒羞了起来。满小丽笑着说:想必看男人是不知羞的?

格子说:是不喜欢。小时在丽园,听说一个男兵常在树林中把自己的生殖器拿出来给路过的女孩看,听后怕得要死,总是绕过那片树林走,怕不洁的东西入眼。即使现在依然认为男人的狞猛是不入眼的,是丑陋的,男人的好是闭上眼睛享受的那会儿……而女人是给人看的,看女人才是享受。

你也喜欢看我?

喜欢……

格子的脸羞得通红。

满小丽走过来,立在格子面前,迷人地看着她,竟然说:

摸摸看。

格子果然身不由己地伸出了手,轻轻地抚摩那两朵红的花蕊和那把小小的黑折扇。

格子有些忘情,可那白的身子倏地就闪开了,再出现在面前的时候,已经穿上了粉色的睡衣。

满小丽说:睡眠和性爱一样,都是女人的大补。说完,躺下就睡了。

那晚,格子一直睡不着……

早晨,格子一醒就怔在那里,满小丽问:怎么了?

格子说:我做了个奇怪的梦。

满小丽问:什么梦?

格子说:梦到你在飞机场光秃秃的停机坪上做爱。

满小丽说:和谁?

格子说:项杰。

满小丽问:怎么会是他,你不嫉妒吗?

格子说:不,那种感觉就像我在和他做爱。

满小丽用异样的目光看着格子。

格子说:大概是昨天看了你的裸体。

54 项杰给格子的生日礼物

格子突然觉得自己好比鱼缸里的热带鱼,漂亮是给别人看的，与自己没有任何意义。你整天游啊游，四周皆是阻隔，永远没有游向海洋的可能。

搞不完的材料，写不完的文章，咬文嚼字，制造新意，上面又总是逼着他们出思路，出想法。最要命的是写领导的发言稿，要模仿他的风格，领导喜欢吟诗的，你要翻古诗，找佳句引用到他的发言当中；喜欢引典的得马上翻典故，喜欢哲学的得马上翻哲学书籍。领导们在台上通常喜欢表现得才华横溢，岂不知“笔杆子”们脑浆都挤出来了。

这不是格子向往的生活，她内心向往的是自由自在，她终于厌倦了。

格子生日这天，恰好是十月一号，项杰在金茂凯悦订了一间套房。格子认为隆重了，过于铺张。项杰说我们总要找一些理由享受生活。这话倒是不错，像他的风格。其实，格子看出来了，项杰为的是自己的生日，却是做给满小丽看的。两人都要排场，两人也都喜欢排场，所以他们彼此既是呼应，又是欣赏。好就好在格子不吃醋，格子心里明白，项杰对她是永远的诱惑，但没有意外的话，她和项杰永远走不到一起，那个阻隔到底是什么她自己也说不清楚。

项杰和格子吃过午饭就进了房间。项杰送给格子一件用丝带包装的精美礼物，格子打开来，竟然叫出了声，脸色陡然就变了。

盒子里赫然地耸立着一个男性生殖器模型。

这时，刚好满小丽进来了，手里拎着大大小小的马夹袋，里面有各种饮料、食物和水果。

格子涨红着脸看着窗外，满小丽看在眼里，笑着对格子说：他这么悉心关怀,你还不感动。

格子说:居然送这种礼物。

满小丽说:吴为常不在家,你用得着的。

格子说:也只有他能做得出。

满小丽说:我看这是最时尚的礼物。

格子说:那叫他也送你一个。

满小丽看了看项杰,居然也红了脸。

因是周末,又是个私人化的庆典,自然是要放松的。满小丽脱了外套,只穿了件米色低胸连衣裙。满小丽的颈部白皙细嫩,胸部丰满。格子也不知什么时候换了一套丝裤丝衫,显得修长、飘逸。项杰也一改往日的套路,穿了套休闲的运动衣衫。

三人都是有些酒量的,因寿星是格子,那两人自然就要敬酒。格子最后招架不住,就建议猜谜,猜不出便喝酒。

格子先讲:天上一只老鹰看到地上有只兔子,于是就俯冲下来想吃掉它,可聪明的兔子看着老鹰说了一句话,老鹰一下子就掉下来摔死了。请问兔子说了什么?

兔子说老虎来了!

格子摇头。

兔子说我开枪了。

格子还是摇头。

二人认输喝完酒,格子才告诉答案:兔子说老鹰没穿短裤。

二人爆笑。

格子说:我们处办公室的男男女女,都是猜谜高手。

于是,又换讲笑话,把谁逗笑了谁喝酒。

三人的笑话都精彩,分不出高低,笑得都变了形。

此时,窗外已是华灯齐放,黄浦江两岸的夜景尽收眼底。

也许是喝了酒的缘故,格子倚在沙发上昏昏睡了……

此时,窗外正是良辰美景,窗内满小丽和项杰渐入佳境。满小丽一边看着外滩的灯光,一边讲格子那晚的梦……项杰心领神会,于是,就从满小丽身后将她拦腰抱住,两只温柔的手不偏不斜地捂到了满小丽的酥胸上,用掌心、手指、指尖愉悦着满小丽,当听到满小丽呻吟时,才解她的衣衫。胸衣的搭扣刚好是在前面的,一将解开,两只美乳就现了出来,鲜活地在项杰面前抖动着,他情不自禁地用唇用舌用他身体的各个部位满足这个女人,同时,也满足着自己的欲望……

睡梦中的格子被房间里一种奇怪陌生的声音吵醒。起初,喏喏地,似猫儿似狗儿似婴儿,渐渐地,喘急起来,如饥饿的野兽,后来,声音越发高亢起来,好比厮杀搏斗中的狮吼虎啸。格子终于判断出那声音是从卧房里传出来的,那是一个男人和一个女人做爱的声音……

她悄悄地离开了,在华灯闪烁的夜晚,她非常想念那个叫吴为的男人。

在茫茫人海中格子只想念一个人。

格子哭了。

第二天,格子就失踪了。

项杰和满小丽满世界地找,也没有她的踪影。

满小丽为此十分歉疚。

格子摇摇晃晃地进了大院,身后有汽车大灯照过来,她也不让,后面的车就熄了灯跟着。格子回头,见是裴军的车,就停下,等他上来。裴军在车里叼着香烟不怀好意地看着格子,说:到哪儿寻欢作乐去了？格子说:我正要问你呢？裴军笑了,说:上来,到我家坐坐吧。格子说:晚了。裴军说:我有事跟你说。格子说:你外面不是有豪宅吗？裴军说:你没听说过狡兔三窟？格子说:你那富婆呢？裴军厚颜无耻地说:她放我假了。

自从裴司令调到南京后,格子已经很久没来他家了。

裴军倒了两杯茶,两人坐在灯火通明的客厅里说话。格子打量了一下裴军,从头到脚穿的都是"花花公子",于是笑了。

裴军问:你笑啥?

格子说:都是富婆给买的?

裴军说:是呀！连袜子、内裤都是。

说完,就要给格子看他内裤上的商标。

格子说:你里里外外都叫人家给打上标签了。

裴军得意地说:她就喜欢花花公子,她说我穿"花花公子"才是表里如一。

格子说:你中头彩了。

裴军说:话不能这么说,应当是她中头彩了。她攀上我可不容易,我可是钻石级王老五。

格子说:你不想娶她?

裴军说:人家不要回报。再说我娶这样的女人不是有图人钱财的嫌疑么?

格子说:你是想一辈子当王老五了?

裴军说:日子这样过下去,挺滋润,我干吗没事找事?

格子说:就没寂寞的时候?

裴军说:天下一半的女人都惦记着我,我寂寞什么?

格子说:没见过你这样厚颜无耻的人,你不是找我有话要说吗?

裴军说:哦!我差点忘了,你离那个项杰远着点。

格子问:怎么了?

裴军说:他不是什么好鸟。

55 放飞的日子

格子乘14次特快去了北京。

下了火车,格子径直就去了空军指挥学院,把正在上课的吴为从课堂上叫出来。她想给吴为一个“兵从天降”的感觉,给他个意想不到的惊喜。可吴为见到她一点没有惊喜,装都不会装一下,只是平静地问:你怎么来了?格子不恼,厚着脸皮说:想你呗!吴为仍然不搭她的茬,一个人在前面走,大概是盘算着怎么安排格子。格子跟着吴为来到了他的宿舍,吴为倒了杯水给格子,声音这才柔和起来:渴了吧?可格子这时已经不自在了,她接过杯子看了看,拉着脸说:你就这样待客哪?连茶叶也不放?吴为却是没有觉察的,仍然说:你是我老婆,又不是我的客。格子说:老婆就可以怠慢?吴为说:老婆是自己人,没什么礼数。格子说:不愿意我来是吧?吴为说:你住哪呢?格子说:我今年转业,想出来散散心,逛逛北京城。我住大院里,裴斐已经给我安排好了,就知道你没办法。

格子真的就走了,连口水也不肯喝,吴为拦也拦不住。格子走后,吴为想,这是哪门子的事呢?自己的老婆居然连句玩笑也开不得?难道他当真连自己老婆也安排不了吗?他不过是个怕麻烦的人,不喜欢节外生出些事来,所以,格子的调皮他总是领教不了。

事情搞僵了,他开始恨起自己来。

下午上完课,饭也顾不上吃,就往市区赶,到了大院宾馆,查到了格子住的房间,但人却不在,于是就在大厅饿着肚子等,快十一点了,才看到格子晃晃悠悠地回来。

于是就迎上去,小声问:去哪儿了?

看到那副欣欣然的样子,格子笑了,说:在皇城根下走了一圈。

格子终究还是被他感动。

吴为在宾馆里留住了一宿,第二天一早就赶回去上课了。

格子在北京住了半个月,一天一景,把北京玩了个遍。

56 吴天翔的护工居然是樊飞

格子来到医院的时候,吴天翔手术已经做完,直肠截掉十公分,拿掉一个鸡蛋大的肿瘤。病床上的父亲,脸色有些苍白,她还是第一次发现父亲老了。吴天翔在格子眼里一直是高大威武的,她从来没有为父亲的身体担心过。格子从小就害怕医院这种地方,看到病床上的父亲,格子紧张地问:妈,我爸还好吧?

苏青丹在一旁说:手术很顺利,切片的化验结果也出来了,没发现变异细胞。

吴天翔似乎想咳嗽,便求援似的张望着。正在格子不知如何是好时，旁边有个人走上来，附下身，揭开被子，熟练地把两只大手严严实实地捂在父亲的腹部，吴天翔这才咳了出来。格子以为是医院的护工，没有理会。

那人抬头的时候，和格子的目光相遇，格子不禁脱口而出：

樊飞……？

樊飞又低下头，小心地给吴天翔盖好被子。格子静静地看着，看着他用湿巾给父亲擦嘴，听着他和父亲低声说话。心里像有了依靠似的，陡然宽慰了不少。

吴天翔说：飞飞一直守着我，减少了我很多痛苦。

樊飞说：老人家体质真好，手术第二天就下地了。

苏青丹看着吴天翔，说：多亏樊飞来得及时，像儿子一样悉心照料，否则我可弄不动他。

樊飞，谢你啦！格子说。

苏青丹在一旁打量着他俩，突然想起了什么，说：格子你陪你们师长到外面吃顿饭，他这几天都没好好吃过什么。

格子不解，问：什么师长？

吴天翔这才得意地说：他调到你们师了，还没上任，就先到我这来报到了。

格子也笑着说：爸你真牛，师长来给你当护工。

大家于是都笑了。

苏青丹催他们二人快去吃饭，吴天翔在病床上说：你也一起去吧，我这没事。

苏青丹说：我不饿。又看着樊飞说，你和格子多年没见面了，好好聊聊，叫格子给你介绍一下师里的情况，兴许对你今后工作有帮助。

吴天翔说:她能介绍什么?

二人走出医院那种地方,心情豁然开朗了许多。

樊飞说:老妹请我吃什么?

格子说:振鼎鸡怎么样?

樊飞说:好啊。

格子咯咯笑了起来。

樊飞说:你笑什么?

格子不说。

格子要了一斤白斩鸡、两碗鸡汤面和鸡脚、鸡肫,外加两瓶啤酒。

樊飞看来是真的饿了,呼噜几下就把一碗面吃了,然后对格子说:老妹,再来一碗!

两人这才开始说话。

樊飞说:从前的小姑娘长大了。

格子说:一晃就三十几岁了。

樊飞说:我们十几年没见了。

格子说:看来光忙着当官了。

樊飞说:可不是,总算没叫老人家失望。

格子说:我今年转业。

樊飞说:哎,我来了,你干吗要走?躲我呀?

格子说:部队让我厌倦了,它是属于你们男人的。

樊飞说:我还想叫你给我当秘书呢。

格子说:别美了,我们师可不是好干的,都是有来头的。

樊飞说:你爸都和我谈过了,有他在身边我有底气。

格子说:你们感情深,看得我都感动。

樊飞说:老人家真叫我敬佩,麻药过后刀口痛,我见他痛得出汗,想叫护士给他打止痛针,可他就是不打,说麻药会影响伤口愈合。他不能总是躺在床上,就是那个样子,他也从不用坐便器,坚持自己起来。

格子问:嫂子也来了吧?

樊飞说:她哪能来,人家是重点学校的优秀教师,又是班主任。

格子说:学生比你还重要?

樊飞说:那哪能比我重要?是学生家长联名写信挽留她把这届学生带到毕业。她带的班高考升学率都在90%以上。

格子说:那不想吗?

樊飞说:自然是想,想宝贝儿子。你们不是也一直分居吗?

格子说:彼此彼此,同病相怜。

两人都笑了。

57 日　子

格子终于可以不上班了。

格子对满小丽抱怨:一听到起床号和熄灯号就烦。满小丽于是就在她的小楼里给格子腾出了一间房子。但格子通常还是喜欢睡在满小丽的房间里。

项杰常来,他隔着衣服掐满小丽的乳头也不回避格子,很平常的,两人的坦荡竟然是淫秽也不觉得是淫秽了。两人的亲密像鱼和水一样。

满小丽说:你看你的朋友多无礼。

格子却说:你们本该就是这样的,不这样倒是怪的。

满小丽听后,越加喜爱格子。

满小丽欲望的身体叫项杰取之不尽,两人在极乐的世界里流连忘返。

两人一走进卧房,满小丽即刻就会发出撩人的尖叫,格子竟然能在这此起彼伏的叫声中安然入睡。项杰从不留宿,走时,会把沙发上安然熟睡的格子抱到满小丽的床上。

一日深夜,格子被吵醒,张开眼睛,就见满小丽雪白的乳房在明亮的灯光下摇曳,项杰站在下面,满小丽在床上,都是赤身裸体的,在做那种活计,两人的声音此起彼伏,竟然像一首恢弘的交响曲。

只听满小丽说:你疯了,你这样是因为格子在吗?

项杰说:是的,她让我兴奋异常。

满小丽说:那你为什么不和她做?

项杰说:她是红颜知己,是我的纯洁女友。

两人几乎同时发现格子宁静地看着他们。

项杰抱歉地说:宝贝,吵着你了是吗?

格子怔怔地看着他们。

项杰说:格子生气了?

满小丽也说:我们让你睡不着是吧?

格子说:不,我喜欢,喜欢看你们这样,像天籁一样美……

格子哭了。

项杰和满小丽的合作很快有了丰硕成果,项杰的收银机和商用电脑进入了北方城市,让项杰赚得锅满钵溢。

满小丽带格子去小锦江吃饭,说是机关里来了几位领导。果然都是有些有级别的官员,彼此熟稔。满小丽在这种场合,应酬得当,谈笑自如。

不知在等谁,饭局迟迟不开。格子饿了,悄悄对满小丽说:我先吃点什么吧?满小丽于是就叫了一盘格子爱吃的雪影豆沙包。

一伙人等到八点,主座上的人才来。

大家都站了起来。

来人看起来五六十岁,北人南相,白白胖胖,皮肤细嫩,稀疏的头发梳理的一丝不乱。那人一坐下,就看到了格子,问:她是谁?满小丽说:是我过去首长的女儿,还是个少校呢!

老头看了看格子,微微地笑了。

老头吃得很少,略显疲惫。饭吃得像见面会一样简短,很快就结束了。老头被大家簇拥着上了满小丽的车。

车子径直开到了满小丽的办事处。

该走的人都走了,老头子换上了满小丽早就准备好的丝绸衫裤、布底鞋,悠然地坐在沙发上。茶几上放着一根根已经插上了烟嘴的大中华。

老头一边看当天的报纸一边说:我包里有两棵上好的野山参,你拿出来吧!

满小丽拿出来放到一边,说:我又不稀罕这些。

老头没有说话。

房间里有一种奇怪的味道,格子问:什么味道?满小丽说:印度香。然后看了一眼老头说:他就喜欢这个味道。

格子知道,自己该走了。

58 和樊飞一起重返丽园

一晃,樊飞已经上任三个月了。

周末,无聊,格子给樊飞去电话,樊飞说:我明天回家。过来三个月了,还没去看妈妈呢。

格子说:带我去吧,我也去看看谭阿姨。

樊飞高兴地说:好啊!那不得把我妈高兴坏了。

第二天一早,格子和樊飞搭乘一辆部队的大卡车去了丽园。

去之前,格子到满小丽那里把那两棵野山参要了来。

卡车开了一个多小时,颠得格子全身发麻。

谭阿姨已经搬到市里来住了,丽园的大部分家属如今都搬出来了。卡车停在院子当中,樊飞敏捷地跳了下去,然后回过头伸出两只手说:老妹,来!格子被他抱着,咯咯笑了起来。她紧紧搂住了樊飞的脖子,樊飞把她悠了一圈才放到地上。

谭阿姨先看到儿子进来,又看到格子跟在后面,笑得眼睛都弯了。谭阿姨如今和小儿子翔翔住,没一会儿,两个女儿女婿也都带着孩子回来了。

一大家子说说笑笑围着圆桌包饺子。

格子坐在谭阿姨身边,谭阿姨有说不出的喜欢。

翔翔调皮,说:我妈喜欢格子,我吴叔喜欢我哥,当时怎么就不叫格子当我嫂子呢?

谭阿姨说:他们现在都成家了,说说也无妨……你吴叔说,男人找了漂亮女人就会胸无大志,就会被约束住,就飞不起来了。

你吴叔说,这是他的教训,你苏阿姨要是不漂亮,你吴叔的官可能当得还要大。你吴叔为了樊飞能有更大发展,宁愿不要樊飞做女婿。你吴叔在你哥身上可是花费了大心血的,否则你哥怎么能有今天?

樊飞听后笑着说:那我宁愿不当官也要这个漂亮媳妇。

谭阿姨瞄了瞄两人,脸色有些微妙的变化。

樊飞看了看格子,说:我喜欢的第一个女孩就是格子,可人家就没正眼瞅过我。

格子低头包饺子,没有说什么,可脸却微微红了。

谭阿姨这时突然说:飞飞,你打算什么时候把他们娘俩调过来?

以后,谭阿姨像有了心事,话也不多了。

吃过晚饭,卡车来了,谭阿姨拉着格子的手,欲言又止。两人又搭卡车回到了上海。

卡车开到了格子的家,两人都下来了。樊飞对司机说:你回司机班吧,我自已走回去。

卡车开走后,格子不高兴地说:怎么不抱了?

樊飞只是笑了笑,没说什么。

格子嘀咕:一师之长在家属院里抱人家的老婆,是有点不像话……

樊飞说:我是你老哥,你是我老妹。

格子说:那就,就上来坐坐吧?

见樊飞有些犹豫。

格子笑着问:怕了?

樊飞倒是认真了:我怕谁了?

于是就跟着格子上了楼。

格子的两间房子空空荡荡的，异常干净。卧室里只安放了一张大床，一个衣柜，客厅里摆了一套乳白沙发，当中是一个长茶几，茶几上有一束白色的绢花。房间里几乎没有多余的东西。

樊飞里里外外看了看，说：老妹呀！你这过的是什么日子啊。

格子说：我喜欢简洁。

樊飞问：连结婚照都没有吗？我到现在都不知道妹夫长得是什么样，是干什么。

格子只说：你们是同行。

樊飞又问：哪期的？叫什么？弄不好还认识。

格子说：也许吧！

咖啡壶里煮着咖啡，房间里有了一种好闻的味道。格子把热咖啡倒在两只精美的咖啡杯里，然后递了一杯给樊飞，说：我这里只有这个。

两人面对面坐着，一时都没有话说。

格子终于说：你今天的话是真的？

樊飞抬起头，点着了烟，烟吸完了才说：是真话……从很小就开始了。

樊飞看了看格子，问：你是什么时候？

格子说：你抱我的那一刻……

樊飞说：你比我可晚多了……

格子说：我开窍得晚。

樊飞走的时候，又抱了格子，这回抱得更紧、更投入。格子在樊飞的怀里说：老哥，我真是喜欢……这是丽园的气息。

生命似桂树，爱情如丽花。

樊飞和格子心里都有了思念。樊飞有时会找一些机会和格子见面。格子会在樊飞的眼睛里看出他的思念。格子没有找樊飞,她担心会给他添乱。她知道他忙,有时会心痛他。

格子虽和樊飞见过两面,但都是有人在场。部队早就有很多人知道樊飞和格子家的关系,也知道樊飞是烈士的后代,还是老后勤部长的干儿子。樊飞很会打掩护,总是很隆重地向别人介绍格子是他老妹,他是看着格子长大的。于是就有很多人劝格子,干吗要转业呢?有师长罩着,在部队再干两年,混个正团再走也不晚。

转业报告一直没批下来,是走是留格子有点犹豫。

回到家,格子有事没事就要说起樊飞,吴天翔自然爱听,不时插话。苏青丹只是在一旁听着,很少插言。一日,父女俩正聊着,苏青丹却突然插了进来,说:都是你们合着伙拦着挡着,也不知怀着什么鬼胎,葫芦里卖的什么药。否则,这两个孩子多般配。

吴天翔的脸顿时涨得像猪肝一样。

苏青丹说完转身进了厨房。

格子对吴天翔说:爸,转业报告还没批下来,我今年不走了。

吴天翔警觉地看了看格子,然后说:不行!

格子说:咦!你不是希望我在部队干下去吗?

吴天翔说:你不能在樊飞身边。

苏青丹不知什么时候从厨房出来了,在一旁说:早知道樊飞到你们师来,真不该走得这样急。

吴天翔瞪了苏青丹一眼,说:女人啊真是头发长见识短。又转身对格子说:你的转业报告下星期就批下来了,走与不走由不得你。

这回格子没有坚持,生气地说:走就走,工作也不要了,跟满小丽下海经商去。

吴天翔说:你爱干啥干啥,就是不能留在樊飞身边。

说完,甩着手出去散步了。

59 吴为和樊飞的生死之交

暑假到了,吴为回来了。

樊飞叫格子在干休所附近定个酒店,他要请格子一家吃顿饭。

樊飞和吴为这对航校时的好兄弟,就是在这次家宴上不期而遇的,这多少有些戏剧性。原来两人不但早就相识,并且是生死之交的好友,这叫大家十分意外。吴天翔好奇又高兴地连声说:好,不是一家人不进一家门!快讲讲你们的故事。

原来两人在航校时就是彼此欣赏的好朋友。一次跳伞,樊飞在前,吴为在后。因为两人体重接近,又是第一次跳,经验不足,吴为起初踩到了樊飞的伞顶,形成局部近似真空,降落伞迅速闭合了,重力下沉,吴为带着伞钻到了樊飞的伞绳里。情况危急,看到这种情况,地面的指挥员急了,用高音喇叭命令他们迅速分离。樊飞在空中说:吴为,快割断我的伞绳!上方的吴为没有行动,他知道,割断樊飞的伞绳,自己的伞肯定会迅速打开,但樊飞的伞很可能会由于风力失衡而闭合。在空中,伞就是飞行员的生命,他决不会这样做。眼看着伞以加速度往下落,樊飞急了,大喊:割伞绳!吴为拿定了主意,沉稳地说:要死一起死。就在这时,吴为插在樊飞伞绳里的伞神奇地开了,两人最终像并蒂莲一样奇迹般地平安降落到了地面上。

两人卸了降落伞便紧紧拥抱在一起。

樊飞说:谢谢了。

吴为却说:是我冒犯了你,让你猝不及防。

这事一直叫吴为感到内疚,他始终认为是自己险些给樊飞造成灭顶之灾。在吴为心里,这种愧疚一直深藏心底。

格子听完这段经历,脸色陡然变得苍白。在座的只有苏青丹注意到了格子的变化,她似乎已经意识到吴天翔的这招棋走错了,也许是步再臭不过的棋了。樊飞每次探家,几乎都要来看望吴天翔。一是樊飞从小和吴天翔感情就好,另外,也有谭丽的因素,谭丽对吴天翔的感情深厚又复杂,那不是男女、兄妹之情能概括的。但这都不是最主要的,樊飞每次来最想看到的是格子,这一点苏青丹比谁都清楚。但多年来,吴天翔从来没有叫他们见过面。记得那时樊飞已经是大队长了,吴天翔问樊飞:个人问题解决了没有? 樊飞说:没有。吴天翔说:该解决了。樊飞终于等到机会了,他鼓起勇气说:吴叔叔,我喜欢格子,我一直在等她。那天,吴天翔把樊飞带到外面散步,谈了一次话,但这次谈话似乎并没叫樊飞死心。樊飞接着又找到苏青丹要格子的地址,苏青丹自然要问他要格子的地址干什么。樊飞说他要亲口问问格子。苏青丹说你要去看格子我不拦你,但我得告诉你一件事。苏青丹说了什么没人知道,反正苏青丹的话起了不小的作用。樊飞放弃了格子,不久,樊飞就结婚了。但樊飞每次来,都跟苏青丹要一张格子的新照片。

这件事苏青丹和谁也没说起过。

樊飞和吴为沉浸在相逢的喜悦里,竟然谁都没有注意到格子的微妙变化。

两人频频干杯,大有煮酒论英雄的意思。吴天翔看了高兴,脸上挂着长辈舒心慰藉的笑容。

一个是师级一个是副团,虽然职务上有悬殊,但两人在一起,洒然无碍,说的却都是兄弟间的话。在吴天翔面前,得意的那个不持强乖张,失意的那个也不失落自卑。

樊飞干练、勇猛、张扬,又不失稳重,这些都是一个年轻干部应当具备的。吴天翔自己吃过这方面的亏,所以,他喜欢樊飞身上具有的这种品质。多年来,他也一直是这样引导和鼓励樊飞的。

吴为和樊飞有所不同,他比较内向、沉稳、平和、收敛,具有宽厚、包容的品质。

吴天翔看着面前的这两个人,心里有一种莫名的甜蜜和安慰,一个是自己的干儿子,一个是自己的女婿,两人一箭一盾,一个镇定如山,一个智慧如海。真是老来有寄托了。

分手时,吴为和樊飞握手,说:势头正好,努力,让咱们这期也出个将军。

樊飞说:可遇不可求,如果被我撞上了,我一定抓住它。

两人会心一笑。

格子的工作依然没有安排好。

这个暑期,吴为以他的方式放纵自己。

吴为不分昼夜地以他一成不变的姿势和格子做爱,这使她有些厌倦。

格子无奈,和满小丽诉苦说:他怎么就那样固执、那样乏味、那样单调呢？满小丽就说：你到我这来一下，拿两盘带子给他进行一下性普及教育。

没想到吴为在看带子时，里里外外走动，极不安静，格子终于搞清楚，原来他是不好意思和自己一起看。格子只好躲开了，让他一个人看。

令人啼笑皆非的是，吴为经过性普及教育后，竟然发生了阳痿。于是他破口大骂：嗤！叫我表演给别人看我做不来。

两人正无聊的时候，樊飞来了电话，说他在江苏机场，飞行刚结束，明天放假，叫他们过去，他陪他们玩玩。

第二天一大早，有车来接，二人就去了。

樊飞下部队抓飞行训练，看来卓有成效。这几日天气晴好，樊飞也连续飞了三个飞行日，在全团新老飞行员面前露了一手，情绪自然不错。樊飞早就在招待所门口等着了，见吴为下了车却不见格子，就眼巴巴地往车里面瞅。吴为见他有些失态，幽默机灵地拍了拍樊飞的肩膀，说：来了，你小子……

见有旁人，吴为就不说了，两人相视一笑。

三人坐上吉普车出发了。上午去木渎古镇，看了明代的藏书楼，然后在一家小饭店吃了顿羊肉。下午一行又去了水乡角直，小镇古朴宁静，河岸两旁有店铺和住家，午后的石板街被凉棚罩着，阴凉又寂静，几乎看不到行人。

街上只有这三个人尽情快活着。

外面的世界发生了那么大的变化，这里却是不变的，店铺里居然还用玻璃罐盛着糖果和蜜饯。格子发现有一种她儿时爱吃的，叫“猪耳朵”的零食。杂货铺里依然卖着马桶、竹篮和蒲扇一类在外面已经过时的东西。小吃店里有炸得香喷喷的油墩子、麻球……

三人走遍了小镇上所有的街道,好像依然意犹未尽,于是三人走出了镇子。

格子拉了拉吴为,小声说:脚痛了,背我。

吴为不睬,装着没听见。

格子又嘀咕:真的,鞋磨脚,都起泡了。

吴为还是不理。

走在一旁的樊飞看了看吴为,然后猫下腰,说:来,老哥背你。

三人默默前行,只是不再讲话,格子伏在樊飞背上安详地闭上了眼睛。

走到了一片桃园,吴为突然说:你们等着,我回镇上去买双布鞋。

樊飞说:哪里能买得到,算了。

吴为说:我刚才看到过。

吴为转身就走了,吴为走远了。

樊飞把格子放下来,埋怨格子说:一点都不体谅人,你俩整天泡在一起,他哪还有力气背你?

没等樊飞说完,格子已经深深投进了樊飞的怀里。她把头偎进他的怀抱,说:要我!

你胡说什么?

老哥,要我。

你是吴为的老婆呀!

他让你了。

子非鱼,你怎么知道他让我?

他不是走了吗?

你不懂我们男人。

那他为什么要走开？

让我来帮你分析一下：一是我背着你，我们这样肌肤相亲着，他一定难过，所以，他要去买一双布鞋，让你自己走。二是他想赌一下，拿信任做赌注。我们做了，就把自己都输了。

可我知道你想做。

是的，即使让我死我都愿意。

那为什么不呢？

男人之间，有比死更重要的东西。

樊飞说完，又背起格子开始往镇子上走。

走了很久，也没见吴为买鞋回来，樊飞这时感觉背上的格子有些重了。

樊飞说：这老兄鞋买到哪儿去了？

格子说：可能又神游去了。

樊飞说：他喜欢野外，在航校时我们附近的那片山地都让他跑遍了。有一次回来，他异常兴奋，我以为他拾到宝贝了，因为那片山地是项羽和刘邦楚汉相争时著名的古战场，可你猜他找到什么了？

格子说：找到长矛大刀了？

樊飞说：他找到了一个迫降场。

格子问：有了迫降场就能生还吗？

樊飞想了想说：航空史上有很多奇迹是飞行员创造的，那才叫直面死亡，面不改色心不跳，他们才是英雄。

格子问：鲁斯特，那个德国的飞行员算不算英雄？

樊飞说：不简单，我喜欢那小子！苏联的空中防线那么强大，竟然被他钻了进去,并赫然地把飞机稳稳地停到了他们的红场上。

格子说:简直难以想象。

樊飞说:从某种意义上来说,冒险是一个职业飞行员生命的意义。

格子问:你没想过像鲁斯特那样?

樊飞说:想过,可现在我老了。

两人一直到了镇上,终于见到吴为拿了双布鞋迎面走了过来。

樊飞问:你去哪了?干吗要这么久?

吴为狼狈地说:中午的羊肉吃坏了,拉肚子。

樊飞汗流浃背的样子也有些狼狈,两人开怀大声笑了起来。

笑毕,樊飞不无委屈地说:你在惩罚我。

吴为一边给格子换鞋一边说:樊飞,你说那天我要是割了你的伞绳会怎么样?

60 母　女

格子拎着从小镇采购的东西回家的时候,苏青丹正在织一条硕大的披肩。

格子问:我爸呢?

苏青丹说:钓鱼去了。

格子说:你咋不去?

苏青丹说:我嫌累。

格子说:你是没那个雅兴。

格子把东西拿出来放到桌子上,说:这是你爱吃的松糕,这是我爸爱吃的粽子糖。

苏青丹问:去哪了?

格子说:甪直。

苏青丹问:和谁去的?

格子说:樊飞、吴为。

苏青丹抬起头问:就你们仨?

格子说:就我们仨咋了!

格子拿出一件绣花红兜兜对着镜子试着,突然停了下来,对着镜子里的自己说:我真的爱上他了。

苏青丹在一旁插嘴:是樊飞吧!

格子转过身惊讶地问:妈,你怎么知道?

苏青丹别过脸说:作孽。

格子说:你说话也太歹毒了。

苏青丹问:吴为呢,他咋办?

格子笑了,说:两个都爱。

苏青丹抬起头仔细端详了一阵格子,末了说:你倒是你爸的亲女儿。

苏青丹的话说得蹊跷,格子感到怪怪的,但格子什么也没问。苏青丹不想说的话,烂在肚子里也不会说。

格子哼着歌,有意不理她,最后,苏青丹倒是开口了:你刚才不是说你爱樊飞吗?

格子说:怎么了?

苏青丹说:你怎么不对他们说?

格子问:谁?

苏青丹说:吴天翔和谭丽呀。

格子说:你以为我不敢?

61 下海经商

吴为暑期结束又走了。

好在格子的工作已经有了着落。新的工作单位响当当的,市政府联络办。可格子去上了一个星期的班就知道自己不是那里的材料了,那里的人都有响当当的学历不说,而且城府都很深,各有各的来历,一个个都像八仙似的。她很清楚这不是自己呆的地方。她没有跟吴天翔说,知道说了会挨骂的。她和满小丽说了,没想到满小丽一听,就说:不想去好办,那咱再找个合适的地方。格子就不客气了,说:那我可就靠你了。满小丽说:那说说你的要求。格子想了想说:大小得叫我独立管摊子事,要有点创意和有点成就感的那种。满小丽点头,说:我明白你的意思了,叫我想一想再说。

过了两天,满小丽说要请人吃饭,格子问请谁呀?满小丽说:请项杰。格子觉得蹊跷,心想:你俩还谁请谁呀!

饭吃得浪漫,在黄浦江的游船上。

满小丽对格子说:我给你搞了个礼品公司,你过来当老总吧!

格子说:怎么一下就当老总了?我行吗?

满小丽说:你不是要独立管一摊事还要有成就感吗?

项杰说:格子,满姐帮你发财呢!

格子说:可我什么都不懂。

满小丽看了看项杰,说:老师不是现成的吗?

项杰在一旁托着腮横竖打量着,格子被看得不自然,以为项杰不赞成,不曾想他却说:不知格子成了富婆是个什么样?

满小丽笑了,说:格子,你若同意,明天我就把世贸商城的办公室租下来,我先给你预付一年的租金,再给公司的账户上打两万元启动资金。

说完,又对项杰说:你看你能做点什么?

项杰笑着说:原来满姐请客是为了这个。格子的事我知道我想帮,人家也未必接受,既然满姐说了,那就这样,格子当老总了,总要有部车子,我的那几部车,你随便挑一部就算格子的了。另外,办公用品我给配齐,包括手机和电脑,如果启动资金不足,我还可以给你划个十万二十万的,都是小意思。

满小丽马上摆手制止,说:格子的这个公司休要和你有关系,将来也不要有账上的往来。

项杰说:我懂满姐的意思。

满小丽又说:格子是新手,也不要什么太好的车,我看你的那部白色福特就可以了。

项杰说:那好,明天我就叫他们拿去整车保养一下,保证把车漂漂亮亮交到格子手里。

满小丽笑了:格子,草台搭起来了,该你粉墨登场了。

62 粉墨登场

格子现在坐在世贸商城第八层自己的办公室里,窗外是上海西区迤逦的景色,高楼林立,大气磅礴。格子突然感觉自己成了这景色中的一分子,便自然地有了一种跃跃欲试的激情,有一种要表演的欲望,有一种要彰显自己价值的动力。那次和项杰坐在附近的扬子江大酒店时,只感觉自己是局外人,这里的精彩和自己是不沾边的。她现在知道了满小丽为什么要选在这里作为她事业的开端。

项杰按照格子的意思,在展厅里为她隔出了一个单独的办公室。项杰到底是有眼力的,清一色的宜家框架式办公家具,风格简约,别具一格,正是格子喜欢的。

满小丽到机场送人,顺路到格子的办公室坐了坐,她里里外外打量了一下,对项杰表示满意地说:他办事还行。

格子却说:我可不领他的情,等我挣到钱是一定要还他的。

满小丽笑了,说:我就喜欢你这一点,做人分明,不糊涂,有自己的原则。但你看不出,他在还你人情呢!

格子说:我又没给他做过什么?

满小丽说:他在我这,赚了人也赚了钱。

格子说:这与我无关,那是你们的事,一个愿意给,一个愿意拿,狼狈为奸。

满小丽笑着骂:好你个没良心的。

满小丽坐了一会就走了,临走,欲言又止,格子问:你好像有话要说?

满小丽突然变得凝重,语重心长地说:格子,君子爱财,取之有道。我看好你,用智慧挣钱,钱要挣得干净。

这一年上海的展事特别多。专业的展馆已经应接不暇,商场、广场和一些楼堂馆所几乎可以办展的地方都在招商。各种展览的信函和广告被发得满天飞。

格子和她新招的助手苏谷子整天在展览会上荡游。眼花缭乱的商品看得他们眼界大开,格子拿出刚印好的总经理名片,换回了很多资料和样品,每天回来,两人的手里都拎着大大小小的口袋。

两人跑了一个月,就把空荡荡的办公室变成了展厅。

满小丽第二次是和项杰一起来的,一进门就抱怨:钻到钱眼里了是吧?当了老板就把我们都忘了,连个电话也不打。但看到格子办公室的变化,又满意地说:我就知道格子准行,将来我们没饭吃了,就投靠到格子这儿来。

苏谷子进来送水,格子介绍说:苏谷子,副总经理。

项杰打量了一下扎着小辫子的苏谷子,说:是搞艺术的吧?

格子马上补充说:人家是从日本回来的,多才多艺,是搞现代艺术的海归派。

苏谷子谦虚地笑了笑,就出去了。

项杰说:此人不俗,在哪里挖来的?

格子得意地说:自己送上门的。

满小丽说:有这种好事,讲来听听。

格子就指了指墙壁上的画。他俩这才看到一幅幅老上海建筑的钢笔画,被镶嵌在一个个精致的原木画框里,画面幽雅恬静,和办公室的其他陈设十分协调。

格子说:那天他来推销他的画,我是先喜欢上了他的画,就问他多少钱一幅?他说他刚从日本回来,生活还没有着落,只要我开个价,他都接受。我看他诚实又有一番经历,于是我就说,画我都买了,就挂在这个房间里。他听后非常高兴。我又问他,会喝酒吗？你猜他说啥？他说：极爱。所以我马上问他，你愿意加盟我的公司吗？于是他就同意了。格子又说：我们真是一拍即合。

满小丽和项杰对看了一下，满小丽问：你是找搭档还是找酒友？

格子说：咦！你这就不懂了吧？有共同的爱好才能走到一起来，我们的很多好设想都是喝酒喝出来的。说完，格子带他们出来，叫苏谷子给他们介绍了陈列室里五花八门的礼品和资料。苏谷子介绍完，格子补充说：我们跑了一个多月，大到国际礼品展、友谊商店、工艺美术商店，小到周庄、西塘的民间工艺品、城隍庙的地摊，对各类礼品基本有了一个大概了解。这样说吧！无论你要洋的要土的，要廉价的要贵重的，我们都能报出价，供上货。

满小丽问：你让谁来买你的东西？

格子像早有准备，但她不说，示意苏谷子说。苏谷子马上领会了她的意思，说：我们的产品定位基本告一段落，下个月，我们计划开始参展，建立客户往来，争取拿到定单。公司有了利润后我们准备开发自己的产品，创自己的品牌。

满小丽对格子二人赞不绝口，说：格子像个生意人了。

格子自嘲：充其量是个小商小贩。

初生牛犊不怕虎，格子专门瞄准大型展览设摊。苏谷子把展位设计得十分抢眼，还从美术专科学校请了两个漂亮的女生，一边给顾客发放资料一边介绍产品。

不久，他们开始接定单，顾客源源不断地找上门来。

这期间，满小丽也给格子介绍几笔生意，都是集团订购的大单子。

一天，满小丽对格子说：我看你搞得不错，还是把公司法人变更一下吧！省得将来烦。

格子于是就辞了公职，真正成了老板。

格子的生意像是有东风相助，非常红火。

63 格子的变化叫吴为感到意外

吴为学习结束回来了。

格子到火车站接到吴为后，没有回家，而是把车子径直开到了国际展览中心。

苏谷子在布展，正需要人手，见格子带了个人过来，以为是来帮忙的，便指派着吴为干这干那。格子说她要到公司准备资料，把吴为扔下就走了。

吴为显然不是做工的料。苏谷子叫他递双面胶带，他把封箱胶带递过来，叫他递美工刀，他递螺丝刀。苏谷子问：哎，你是干什么的？吴为说：你看呢？苏谷子说：搞装修的吧？最多是个泥瓦匠。吴为听后笑了笑不说话。苏谷子便说：没见过你这么笨的。两人忙完，苏谷子说：你回去吧！明天不要来了。苏谷子走出展览馆的时候见吴为还跟着他，就说：不是跟你说了吗！哪儿来回哪儿，我回公司，你跟我干吗！吴为说：你们老板还没给我工钱呢！苏谷子只好让他跟着，心里却嘀咕：啥人？笨得五个手指头不分家，还好意思要工钱呢！

格子见两人回来了，这才给大家做了介绍。

苏谷子舌头吐得老长，说：天哪！这就是听说的那个在天上会飞的……难怪地上的活他不会干，确实与众不同。

晚上，格子在“小南国”请公司里的人吃饭，吴为不动声色地把苏谷子给灌醉了。格子有点生气，埋怨吴为说：你瞎搅和什么？明天展览会开幕了，这时候本来人手就不够。吴为说：我不教训他一下，他不知我的厉害。格子说：能喝酒算什么厉害？吴为说：这就是男人的气势。

格子像变了一个人，吴为感到不可思议。格子的手机响个不停，即使两人在一起的时候也如此。特别叫他不能容忍的是，做爱的时候手机也叫，这叫吴为很泄气，做爱的时候怎么可以接手机呢？

讲不清是他们做爱的频率高，还是手机响的次数多，几乎在他们做爱的时候手机总会响。格子气喘吁吁接手机的时候，尽管努力地让自己语调平缓，但细听，还是有些喘息。

吴为几乎能猜出手机里面的人是谁，但他从来没问过格子。

格子居然是老板了，有车有手机不说，居然在那么高档的地方有自己的公司，俨然一个有钱的富人了。

格子非常喜悦地对吴为描述了她半年来的业绩，但吴为听后默然，他似乎并不喜欢发生在格子身上的这种变化。这让格子感到沮丧。

格子说：难道有一个富有的老婆不好吗？我要叫你过另外一种生活。浪漫的、高雅的、人性的生活。穿名牌衣服，到酒吧喝酒，休假，旅游……

越是这样，吴为越是感到危机四伏。他的嗅觉叫他闻到了异样的味道。

每次做爱，吴为总是说：格子，给我生个儿子吧。

格子明白他似乎是想通过要孩子来加固他们的关系。但格子明显感到,他不像过去那样具有实力了。

格子终于憋不住,问:我们之间到底出了什么问题?

吴为说:格子你知道,我不喜欢你和他搅在一起。

格子一下明白了问题出在哪里。她一时不知道该怎么向吴为讲她和项杰的关系。他们关系比和吴为长多了,怎么能说清楚呢?

格子说:不错,项杰是给了我一些帮助,但我和项杰没有交易,再说透一点,我不是他什么人,他也不是我什么人。我们彼此欣赏。我们曾经险些走到一起,但我拒绝了。我们是多年的朋友。在公司启动的时候,他还给了我很大的援助。

吴为说:我不会干预你们的关系,但我告诉你,格子,你和他不是一路人,他即使拥有再多的金钱,我仍然鄙视他。我只能说自己很失败,我没有能力为你做什么,将来恐怕也不能。

格子说:吴为,跟你结婚我不指望你为我做什么。

吴为父亲病重,他回家了。格子要跟他一道去,被吴为拒绝了。

吴为走后,格子感到非常伤心。格子最终明白,吴为并不是怀疑她和项杰的关系有什么不洁,而是他的自尊心受到了伤害。

好在公司的事情很多,他们正在设计"七一"的纪念礼品。这是一款精美的镀金印章,四面是革命圣地浮雕,当中镶嵌玉石,创意独特,制作工艺要求高。找了很多厂家加工,都没有达到预期效果,最后只好拿到深圳加工。样品出来已经是六月初了。以往,公司一直是借米下锅,经营销售的都是人家的产品,投资小,风险小,利润自然也小。格子自然是不满足的。这回的"七一"纪念礼品是公司开发的第一个产品,几乎投入了公司所有的资金。

所以,要马上送到各个礼品展争取客户订购。

除了走市场这条路以外,格子还动用了她所有的关系。

纪念印章的成功销售,为公司赢得了非常可观的效益。

64 王晓生送来了一笔大定单

电话里是一个男人的声音。

格子问:是哪位?

你猜我是谁?

声音有些熟,听上去有些难以控制激动的样子。

格子努力地猜测,但结果都错了。男人终于没有耐心再听下去了。

我是王晓生。

王晓生?

丽园机场导航连的老三。

格子的记忆里立即出现了早年那个滑稽的“二郎神”般的身影。

电话里传出一串咯咯的笑声,笑够了才说,怎么是你?怎么知道我的电话?

满小丽告诉我的。

咦!我怎么没听她说起过你?

她自然不愿提我。

为什么?

在丽园时我抓过他。

真的，怎么什么事都有你的分，你把坏事都干绝了。

怎么是坏事，我是奉命执行任务。

这回轮到王晓生哈哈大笑。

你在哪里？

你往后面看。

格子转过身，样品室里有一个中年人正微笑看着自己。那人这才关上手机，看着她朗朗地说：你们这位经理已经带我参观了你们的样品室，格子，你现在不简单啊！

格子不敢相信面前这个满脸络腮胡子，已经开始发福的男人就是王晓生。

格子笑着说，你变化太大了，若是在大街上相遇，我真认不出你。

王晓生说：变老了。

格子说：变成熟了，年轻时的轻狂顽皮不见了。

王晓生笑了。

到了吃饭的时间，格子给满小丽打电话，说王晓生来上海了，叫她过来一道聚聚。满小丽说，哈尔滨来了些人，晚上要招待一下，你那我就不来了。格子说，你不露面怎么行，人家可是先找你的。满小丽说王晓生找我的目的是为了找你，我不过帮你们搭桥联系一下。我不去了，你们多年不见，好好聊聊，我就不当电灯泡了。格子听出她话里有话，就问，你说啥呢？满小丽说，王晓生说你可是他的初恋。格子看了看王晓生，然后对着电话说，哪有的事啊，你不来算了。满小丽又和王晓生在电话里聊了几句，说自己分身无术，叫王晓生在上海多玩几天，明天她请王晓生吃饭。王晓生说此次是去宁波出差，他们那里有一个工程，他特意在上海转机，明天就走了，下次吧！满小丽说既然你们在这边有工程，以后大概要常来，下次我补上。王晓生说你太客气了。

两人在附近的仙人坊找了个雅座，坐下后，格子这才问，分别十好几年了，你到地方后都干什么呀？王晓生递了张名片，格子低头仔细看了看，惊喜道，市政工程公司总经理，士别三日真当刮目相看，不简单不简单。王晓生得意地说，早年没看出我有出息吧？格子忙说看出来了看出来了。王晓生笑着说，那干吗不嫁给我？格子也笑了，你也没向我求爱呀？

王晓生和格子开了阵玩笑，收敛起笑容说，要知道后来到地方那么艰难，在部队那会就不会那样混日子了。王晓生跟格子讲了他复员后的经历。

我复员回济南后，本以为能靠爸爸帮助安排个好工作，可我爸说你当兵八年连个党都没入上还有脸回家让我给找工作？我跟他解释说，没入党不是我个人的原因，我们连长和指导员不和，而我和连长好，所以指导员就死压着不批我入党，我其实是他们斗争的牺牲品。我爸说我胡说，根本不相信我的话，我一气，决定自己跑工作，后来就当了一名建筑工人。

那时，我觉得亟待解决的是入党问题，过去我小，对这个问题没有深刻的认识，使我屡屡不顺，屡遭挫败，一些人生的理想都破灭了。我暗下决心，不就入党吗？看我的。我们那时 8 点上班，我 7 点半准时到单位，先洗拖把，7 点三刻人们开始陆续上班，我开始拖地，从走廊的这头拖到那头，当我干到大汗淋漓的时候，正是人流上班的高峰。我们单位走廊的水泥地都叫我拖白了，我想不给我入党我就一直拖下去，看谁耐力好。我一坚持就是三年，党入了，干也转了，还当上了突击队队长……后来的几年干得很苦，在野外作业，风餐露宿，总是抢时间赶速度，一干就是八年……这些年，我们市的市政工程几乎我都参加过。

格子听后，感慨地说，人是要有一番吃苦经历的。王晓生说，还要有一次难忘的初恋。格子瞥了他一眼，把话叉开说，离开丽园后又去过吗？王晓生说没有，他非常想念丽园，在丽园的许多事在眼前清晰得就像昨天发生的一样。王晓生突然问，你还记得发生在枇杷园里的那起凶杀案吗？格子说，很轰动的一件事，怎么会不记得？王晓生说，我本可以让那天晚上的悲剧不发生。王晓生的话叫格子悚然，他下面的话更叫格子惊愕不已，他说那天他就在现场，并且得意地补充说，那时丽园飞机场黑灯瞎火里发生的事他没有不知道的。格子这时发现，丽园机场的那个"老三"又回来了。王晓生继续说，那天夜里我闲着没事去偷枇杷，刚走进枇杷园，就看到一男一女在拉扯，你知道我是一个爱看热闹的人，都半夜了，一男一女能干什么呢？我想这里面一定有戏，于是，就隐蔽在阴影里观察。当时我扔一块小石头就可以把他们驱散，但当我很快发现他们是赵小川和"小铁梅"时，就决定不管这闲事了。当然，总是事出有因的。赵小川是我在农牧场的铁哥们，很多脏活和累活都是他帮我做的，否则我怎么能游手好闲四处游荡呢？另外，"李玉和"是我死对头，当时"李玉和"和"小铁梅"谈恋爱闹得沸沸扬扬，我当然知道。他"李玉和"要是不惹我，现在他们的儿子恐怕也该娶媳妇了。你还记得《红灯记》在丽园机场首演的那一天吧！我看到你穿着花裙子很神气地跟着你妈妈走进了大礼堂。我们农牧场是不会安排看首场演出的，但我非常想看。怎么才能进入大礼堂呢？于是我想到了他，我找人把正在化妆的“李玉和”叫了出来，让他把我带进去。他真的出来了，可他看到是我，你猜他怎么说？他说毛孩子一边玩去，一口就把我拒绝了。他这么不给我面子，我非常气愤。他还是我老乡呢！可他一点老乡观念都没有。好，你不仁，我不义。他惹了我，我正有气没处撒呢！再说，好事也不能全被他占着，已经够风光的了，还要霸占人家“小铁梅”，于是，那天夜里我决定在一旁看热闹……但我没想到后来事态变得那么严重，我以为赵小川不过调戏调戏“小铁梅”，后面的事情你都知道，没想到那么糟糕，完全出乎我的预料。

王晓生继续说，赵小川刑满释放后的事情你不知道吧！祸兮福所倚，往往坏事也能变成好事。赵小川被判了无期徒刑后，到了监狱仍然养猪，这小子和猪有缘，小猪一经他手就疯长，就因为养猪养得好，便被减刑了，关了 15 年就出狱了。出来后仍然养猪，很快成了养猪专业户，听说还发明了一个母猪杂交新技术，现在是名人了。我去看过他，那小子现在可神气了，讨的老婆比“小铁梅”还漂亮。

格子听完，又一阵感慨。

王晓生又把话题转到了格子的生意上，谈着谈着突然想起了什么，说，对了，我怎么忘了这事了，我们公司正在筹备十年大庆，你不是做礼品的吗？这事就交给你了，你帮我准备些礼品怎么样？格子一听，马上说，那好呀！我们的礼品会叫你满意的。王晓生看了看格子说，啥满意不满意的。

他们分手的时候，王晓生又转过头来对格子说，噢！我忘记对你说了，我老婆和你长得特像。

65 浪漫假日

格子带着轻松的心情,驾车到丽园,准备和吴为度过一个浪漫的假日。

还在高速公路的时候,就已经听到了从飞机场传来的飞机轰鸣声。

对于丽园,格子可是熟门熟路了,她径直把车子开到跑道近旁才停了下来。她下了车,面前是开阔的绿色草坪,再远处就是飞机跑道了。每过几分钟,就可看见战机从眼前呼啸而过。

飞行结束,吴为走出外场休息室看到格子时的瞬间表情,叫她经久不忘,那表情叫格子十分沉醉,胜过千言万语。

吴为走到她面前,一副不认输的样子,有意看着那湛蓝的天空说:你怎么来了?

格子欣然地看着他,在众目睽睽之下,说:来拍老公马屁不行吗?

一群新飞行员在一旁起哄。吴为上了老婆的车,一溜烟走了。

因为是飞行刚结束,吴为既兴奋又放松,一上车就掏香烟。格子说:后座上有烟。

吴为伸手到后面拿过一个马夹袋,里面是两条软中华和一件红色的鳄鱼牌T恤,一看乐了。凑过来亲了一下格子,说:真是好老婆。

格子问:去哪儿?

吴为说:营门外有个小饭店,专门吃河鲜,今天我请客。

格子看了看吴为,高兴地说:吃谁的也没有吃老公的开心。

营门外的国道旁有一家小饭店,屋里屋外各摆着几张八仙桌几把长条凳,两人在屋里找了张桌子便坐了下来。他们点好菜刚拿起酒杯,就听到外面在嚷:人还没到齐怎么就开始了?

两人不约而同地往门口看,进来的原来是樊飞,后面还跟着场站站长。

吴为放下酒杯,惊喜地说:他妈的,你怎么来了?

樊飞说:许你们来约会,就不许我来看老妹?

格子含笑说:怎么半路杀出个程咬金来?

两人相视一笑。

吴为在一旁吆喝着老板娘加碗筷和酒杯。

吴为问:你怎么知道我们在这儿?

樊飞说:嗤,全机场都知道你被老婆劫持了,我怎么能不知道?

吴为笑着说:团长被劫持了,你这个当师长的吃不了兜着走。

樊飞对着格子说:老妹,你牛啊!

四人开始喝酒,站长又叫老板娘加了一条白丝鱼,桌子上河里能吃的活物几乎全了。

樊飞是下团里检查工作的,没想到这么巧和格子相遇,显得非常高兴。四个人,不知不觉就把两瓶孔府家酒干光了。

吴为去埋单,发现账早就被站长结了。

四人回到招待所,樊飞要玩牌,于是四人打双升。站长想和师长对门,就说:师长我和你打对门。樊飞似乎不想,看了看格子说:不行,要按规矩来。于是,捡出两张红桃两张黑桃,叫大家摸,格子先摸,摸了张红桃,吴为和站长各摸了张黑桃,最后一张自然是红桃,樊飞说:我和老妹对门。

格子早就看出了他的小伎俩,男人有时像孩子一样好玩。

吴为牌打得好,牌路正不说,而且思路清晰,出牌讲究。樊飞和格子打得默契,两人的眉眼之间都是话,关键的时候,两人对视一下,该出什么牌就心知肚明了。

吴为只是闷声出牌,也不去点破两人的把戏,倒像是由着他们得逞的样子。

终究两人还是节节败退。

站长说,跟吴为打对门真是一种享受。

格子早就露出了倦意,可那两个男人却较着劲,赌房赌地般地认真,倒是站长看出来了,说:该休息了。

四人这才停下来。

站长对吴为说:你们也别回飞行大楼住了,我叫公务员安排一下,就住师长隔壁吧!

到了房间,格子嘟囔:什么人呢?自己光棍,也叫别人跟着捱……啥德行?

吴为这才露了原形,急猴猴就上来。被吴为一逗,格子的倦意竟然没了,毕竟是两个月不在一起了,都有些按捺不住,倒像两只贪婪的狸猫。

早晨,吴为和樊飞去食堂吃早饭,樊飞问:格子呢?

吴为说:格子起不来,说早饭不吃了。

樊飞就说:你小子也太不客气了。

吴为倒是照实说:都两个月没见着了,旱得厉害。

樊飞委屈地说:你再旱也没我旱。

吴为拍了拍樊飞的肩膀,无言地表示了他的同情。

早餐丰盛,有各式点心,樊飞先拣了几样放到了盘子里,说:今天叫站长给找个鱼塘去钓鱼,先放松一下,下星期跟你先飞几个起落,这次要飞夜间。

吴为说:我看飞几个昼间就行了,有个什么闪失我担待不起。

樊飞说:长久没有飞夜航了,很怀念年轻那会拼命三郎的劲头,把技术看得比命还重要。

吴为说:那好,飞就飞,我和你一道飞。

樊飞笑了。

两人吃好,吴为把樊飞放到盘子里的几样点心端给了格子,见格子醒着,就说:起来吧!樊飞等着去钓鱼呢!

格子这才起来,简单吃了点东西就到这边樊飞的房间。只听樊飞和吴为在说笑:

你们那边动静太大,搞得我一宿没怎么睡着。

吴为一脸讪然。

你小子净瞎说。

樊飞敲了敲墙壁说:这墙一点也不隔音,你一宿做了几个起落我这边都知道。

吴为得意地笑了,说:男人活着的意义,就是用不同方式证明他的勇猛和强大。

见格子进来,两人这才闭上嘴。

三人穿着迷彩服开着吉普车出发了。

格子和樊飞小时候都喜欢和吴天翔去钓鱼,所以都是垂钓的行家里手。吴为似乎不是很感兴趣,于是就跑前跑后为他们服务,哪边有大鱼上来,他就拿着捞网在一旁候着,等把鱼遛累了,拖到岸边,他便下网捞上来。

中午鱼塘的主人备有农家菜,大家随便吃了点,便又去下钩了,吴为在鱼塘边的小屋里找了张竹床打起了盹。

下午,樊飞把鱼钩下到了格子旁边,两人说起了话。

格子抱怨:吴为到哪里都耽误不了睡觉。

樊飞说:大概是昨晚太辛苦。

格子斜睨了他一眼,不再理他。

过了一会,樊飞又说:我昨晚也没睡好。

格子说:你怎么会睡不好?

樊飞说:想了很多事情。

格子看了看他没有说话。

樊飞说:吴为知道我爱你。

格子说:你告诉他了?

樊飞说:我在预校时就对他讲过你。

格子说:讲过什么?

樊飞说:预校生活艰苦、乏味,整天就是训练训练,大负荷的训练,全身总是酸痛酸痛的,还要忍受脚泡和烂裆的折磨。

格子说:怎么会烂裆?

樊飞说:长时间在潮湿的草地上匍匐。

格子听后咯咯笑了。

樊飞说:那时,唯一快乐的事就是谈你,吴为总是默默地和我分享。

格子说:无聊……都谈什么?

樊飞卖着关子说:那是我们男人的事,不能告诉你。

格子说:他从来没问过我,甚至没提过这件事。

樊飞说:吴为告诉我他结婚了,但我没想到他娶的竟然是你,天下竟然有这么巧的事情。

格子问:吴为也有喜欢的女孩吗?

樊飞说:我问过他,他说他还没来得及懂得那方面的事,就当兵了。

格子说:那时他都和你讲过什么?

樊飞说:他谈的大多是关于他家的话题,我能感到他对他的家怀有特殊的感情。

格子说:他跟我只说他家很穷,但不愿多说其他。他的家他只带我回去过一次,那年回去给他爸妈过八十大寿,只住了一天就走了,他不愿我多住。

樊飞说:他家在淮河边上,是蓄洪区,家境很不好。60年闹饥荒,没有吃的,小妹妹被饿得在他怀里一点点咽了气。家境稍微好一点的时候,他爸爸又中风瘫痪了,家里的重担都落到了他妈妈身上。屋漏偏逢连夜雨,她妈妈常年劳累,眼底出血,双目失明,他的那个家眼看没救了,他爸爸竟然奇迹般地站了起来。从此,他爸爸拖着不灵活的身体又开始照顾他妈妈。

樊飞说:吴为是孝子,在预校时我们每月只有六元钱,吴为每月给家里寄五元。

格子说:我们结婚时他几乎身无分文。

樊飞说:吴为对他父母非常敬重。

格子说:是的,前年去他家,我对他们才有所了解,二老对生命的执着确实令人敬重。他们彼此都在努力为对方活着,使两个生命合为了一体。我不曾见过那么顽强的生命。

樊飞说:吴为意志坚强,他的力量大概来源于此,吴为是个很难被击倒的人。

二人已经无心钓鱼。

格子叫醒吴为,三人收了鱼竿,带着鱼一起去看谭阿姨。

谭阿姨早就在家等着了,见三人都来了,自然很高兴。特别是见到吴为,不住夸:我就知道你吴叔叔的眼力不会差。

格子一进门就像到了自己家一样,谭阿姨欢喜得递茶倒水。

格子累了,坐在沙发上跷着两脚,叫吴为给解鞋带。吴为不动,装着没看到,樊飞就蹲下给解。

谭阿姨看看吴为,忙解释说:樊飞打小对格子比亲妹妹还亲。

吴为说:谭阿姨,这事在家偶尔干干未尝不可,在外面做就有点没面子了是吧?

格子说:这里也是家呀!

吴为说:今天樊飞帮我解了围。谭阿姨,不管他们兄妹的事,咱们收拾鱼去。

谭阿姨这才摇着头笑了。

谭阿姨烧了一桌子鱼,有红烧草鱼、清蒸鳊鱼、醋熘青鱼、葱烤鲫鱼、昂刺鱼汤,摆了一桌丰盛的鱼宴。

格子爱吃鱼眼,樊飞就把鱼眼都挑给了格子。谭阿姨一边给吴为夹鱼肚子,一边笑着说:樊飞你这样也不怕吴为吃醋。

吴为却说:我父亲能够蹒跚着活到今天,全仗着他以为还能为我母亲做些什么。我母亲瞎了后,我父亲就成了母亲的眼睛,母亲成了父亲的手和脚,彼此的依赖给了他们新生,情感这个东西是神奇又伟大的,冒犯不得。

吴为是想说人与人之间的感情问题,但似乎谁也没听懂其中的含义。

谭阿姨对樊飞说:我想孙子了,你再不把他们娘俩给我调过来我可不让了。

66 两个男人在万米高空的对话

吴为和樊飞在航校时都喜欢跑步。吴为耐力好,喜欢长跑。樊飞速度快,爆发力强,喜欢短跑。在校运动会上一个是长跑冠军,一个是短跑冠军。

到了部队后,吴为依然喜欢长跑,每天几乎都要围着小南湖跑数圈。

樊飞跟他跑了一回就泄气认输了。

樊飞和吴为开始跨昼夜飞行。

午后的飞机场骄阳似火。

樊飞和吴为坐吉普车先进了场。机务大队和场站的人员都各就各位了,两人又到跑道两头看了看。

樊飞说:上面想调你到师里来接参谋长的职务。

吴为没说愿意,也没说不愿意,只轻描淡写说了句:是你的主意吧?

樊飞说:考虑你们两地分居,是上面的意思。

吴为笑了,说:杞人忧天。

两人来到指挥台,飞行员们也都进场了。

今天第一架起飞的是教练机,吴为和樊飞一起上。两人装备好走出外场休息室,就听有人小声议论:师长和团长搭档,重量级组合呦!两人不睬,拎着行囊径直上了外面等候的吉普车。

吴为在前舱,樊飞在后舱。

飞机滑离跑道,加速,起飞,转角,一系列动作张缓得当、轻松自如,像情歌王子胡里奥演唱他的经典名曲《鸽子》。

飞机开始跃升。

此时,飞机不偏不斜正对着地面的高速公路,于是,吴为就以笔直的高速公路为地标,拉了个斤斗,飞机再次昂起头的时候,依然正对着公路。

转眼,他们已经在云上了。舷窗外是朗朗太空,人也变得清明起来。

远处是地平线,透过下面的朵朵白云,看得到蜿蜒的海岸线分离着陆地和海洋,下面绿色的田野是整齐的块状。

吴为做了个急上升转弯。然后看着舷窗外,打开了机内通话按钮,说:天成的东西都是大美。

樊飞羡慕地说:是呀!只有上来,才能看到这种景色。老兄,再来个360度盘旋。

盘旋做完,飞机颠簸,回到起点,进入扰动气流。

这个360度盘旋做得漂亮、完美。

樊飞心里佩服,说:老兄,看你玩杆真是享受。

吴为在拉杆,飞机扬着头冲向太空。

樊飞似乎还不过瘾,又叫吴为做了惊险的急盘旋下降。

两人在空中尽着兴做了一系列特技表演。

地面和他们的联系中断了。这在飞行中是常有的事。

吴为告诉樊飞一个秘密:我一到空中就犯猴性,不闲着。

樊飞说:老兄,你违反飞行条例了。

吴为说:当我们掉头向下倒立的时候,我们看到的景象都是反过来的。当地球对我们的引力改变的时候，规则就发生了变化。我们现在是神仙了，你知道神仙是不遵守条例的。

两人似乎是忘了，仍然关着机外通话开关，地面塔台听不到他们在座舱里的谈话。

樊飞说：兄弟，我们会不会同时爱上一个女人？

吴为说：应当会，这不奇怪，不过你忘了她是谁，她是你妹妹。

樊飞说：她是谁对我来说好像没有阻隔，我依然爱着。

吴为说：我早就从你的眼睛里看到了。

樊飞说：我们也会为争夺一个女人打得头破血流吧？

吴为说：我不会，你也不会。

樊飞说：为什么？

吴为说：我们不会那么狭隘。

吴为又说：都爱不行吗？我巴不得我的女人全世界的男人都爱。

樊飞突然问：你说格子若知道我是她亲哥哥会怎样？

吴为突然不着边际地说：格子做什么都是好的，都是天成。

樊飞也不着边际地说：你就不怕我抢了格子？

吴为说：你可以大着胆去抢。

樊飞说：你就那么自信？

吴为说：我相信她，我相信造化。

樊飞有些感动：那是因为你喜欢，你比我更会爱女人。

吴为说：比方她居然做了生意，我以为不过是交了那样的朋友，心血来潮而已，不过玩玩，可她却搞得令人刮目相看。

樊飞说：你不是说爱是欣赏吗？你们是彼此欣赏。

吴为自信地说：我说过是天成。

他们在远离地球的万米空中有一段精彩对话。那些话，只有离开了地球的引力以后，才有勇气说出。

67 项杰和满小丽失踪了

格子执意还掉了满小丽和项杰给予她的资助。项杰对那点东西一直没放在心上，格子非要还，他也无奈，觉得她太认真，但他也是知道格子脾气的。

格子在虹桥开发区和浦东新区有了自己产品的专卖店。

格子把精力热忱地投入到产品的开发上，似乎有点歪打正着的意思，她获得了成功。

已经很久没有见到满小丽和项杰了，不知他们在做什么，他们一会在国外一会在北方，想必一定也是忙的。

一天，满小丽突然来电话，说她和项杰要过来，他们都想格子了。

满小丽和项杰来到格子在西区新租的公寓。满小丽看起来很疲惫、恍惚，格子有一种不祥的预感。格子想请他们去吃巴西烧烤，满小丽摆摆手说：到楼下酒店叫外卖上来，我们在家里吃多好，我们带了两瓶你爱喝的 BAILEYS，我们在家里喝酒多安静。满小丽又对项杰说：放点音乐听听。

于是，三人就听着音乐喝酒。

那天满小丽似乎有些烦躁，项杰不停地换碟，但她老是嫌噪，后来听了《梁祝》和《月光》才安静下来。

满小丽酒量大，但轻易不肯多喝，这天和格子是放了量喝的。

格子是嗜酒。两人都喝了很多。

满小丽那天话很多,反复说:我知足了,死也知足了。

又说:格子,即使你天分再高,靠自己也是很难开窍的,女人是靠男人帮他开窍的。格子,你苦,你太苦了。人活着就这几十年,我再不教导你就没机会了。

满小丽说:我和项杰共同的特点是我们的物欲和性欲都十分强烈,除此之外我们没有共同的东西,但有那两样就足够了,正如古人说的:腰缠十万贯,驾鹤去扬州。

满小丽看着项杰说:在某方面他真是非常出色的男人。

三人喝到夜深人静。酒真是一个奇怪的东西,喝到最后,它会叫你赤裸着地面对眼前的世界,毫无羞怯。

项杰和满小丽在沙发上吻着,接吻竟然可以那样悠长。格子一边喝酒,一边看到项杰用白皙的,修剪的十分干净漂亮的手指摆弄着满小丽的乳房,竟然像看摆在柜台上精美的工艺品。满小丽仰在沙发扶手上,没有回应,沉睡了一般,项杰便越发地放肆起来……

灯光慵懒,音乐颓放。

尽管那两个人并不在乎什么,但格子感到自己似乎多余了。

格子也确实是喝多了,有些支持不住,有些飘忽、困倦……

格子的卧房香气迷人,今天又多了种靡然的酒味,格子沉睡了。

犹如幻觉一样,有人亲吻她,带着好闻的香味,轻柔地抚摩她的身体……眼前香雾缭绕,像在山巅舞蹈着,绕呀绕呀,转啊转啊,她有些晕眩,但就是不愿离去……

她的衣服一件件被脱掉了,她舒服极了,像有一把羽扇在身上缓缓地扇着……

那人无限爱怜地揉着她的胴体,嗅着那上面散发出来的迷人体味,一声声惊叹着。

她湿了……你不是早盼着这一天吗?

她想要了,你来呀来呀……你想带着遗憾走吗?

于是,那山巅上起了风雨……

亲吻原来是这样的吗?舌头原来也是会旋转会舞蹈的?她有些上不来气,挣扎着呻吟着,他哪肯罢了,呼着热气再绞进去,胁迫她跟他一道起舞。于是,就有甘甜的唾液汩汩地流入喉中。

格子像婴儿觅食一样贪婪地吮着,那人欢愉地吻着,冗长得像一首迷人的慢歌……

于是,那山巅上露出了骄阳……

格子的身体有烧焦的感觉,那灼痛来自双乳的顶端,一直传递到心脏,弹回来的时候,居然扩散到全身,变成了无法抵御的潮水般的快感。

夜像海水呻吟着拍着岸上的沙砾。

格子悠扬的叫声,时起时落,把夜的激情全部唤了来。

项杰柔情似水地轻声问:喜欢吗?

答:喜欢。

问:快活吗?

答:快活。为什么要弄疼我?

说:我喜欢听你快乐的叫声。

格子的声音从高处滑落下来,哀求着:痛!我真的很痛。

问:我坏吗?

答:坏。

问:我好吗?

答:好。

项杰的唇流连在格子的乳和腹之间,居然迷失了。

这夜居然有了百鸟争鸣般的欢喜和富饶。

夜莺、百灵、杜鹃、布谷一起在欢唱。

满小丽看着柔情万种的项杰,居然到了欲望的顶端。

去救她,去救她吧!她在叫你呢!

于是,山巅上闪电雷声大作……

桀骜的格子居然成了婴孩。

项杰此时即使是强盗和恶魔她也要跟着他走。

他知道他再怎么做,都不过分了。

他强迫她分开,让她完全暴露出来。

格子说:项杰,你是流氓。

项杰笑了,顶上去不动,胁迫地问:流氓不好吗?

格子说:好。

于是,他就进入了。

格子尖利地大叫,声音从低处又滑向高处,于是戛然:噢……你这个流氓……你强奸我。

他不动了,问:强奸不好吗?

格子迟疑了一下,说:好。

项杰边动边说:告诉我,舒服吗?

格子说:舒服。

原来都是可以明晃晃做的,没有羞涩,也不再是淫荡,就像舞台上的各种动作,要尽着性做好。

床笫语言原来是那么丰富。项杰一句句教着,并叫格子跟着他说。

那一夜,格子被项杰带到了一个疯狂淫乱的海洋。

大约在凌晨,项杰最后一次进入的时候,格子惊醒,此时的项杰,竟是泪流满面的,他虔诚地说:格子,跟我们一起走吧!

格子懵懂地问:去哪里?

项杰扑到格子身上:去谁也找不到的地方,那地方很远……格子,去吗?

格子睡意蒙眬地说:我去……我一定去……

项杰抱起格子疯狂地亲吻着。

满小丽拉起他,面色难看地说:说什么呢?我们该走了,我们真的该走了。

他们离去的时候,格子睡得很沉。

光线从窗帘的缝隙透进来,已经快到中午了。

格子起来拉开窗帘,外面依然阳光灿烂。

格子突然感到全身酸痛,下身酸胀,像灌了水,依然是满满的感觉。

格子后来才知道,满小丽和项杰那天来看她,其实是来和她告别的。

格子在报纸上看到老头子被双规的消息后,再也没有联系到满小丽和项杰,想必他们是出国了,至于去哪了,格子一点也不知道。

满小丽一直小心地不给格子留下任何麻烦,让格子心存感激。

后来又有消息说老头子的情妇卷款外逃,想必那个情妇便是满小丽。

满小丽是和情夫出走的，这恐怕一时没人知道。

格子经常想，满小丽和项杰会去哪儿呢？若去美国的话，他们恐怕不会在华盛顿、纽约、洛杉矶这种繁华的地方，他们可能会隐居在美国西部的某个小城镇。他们也许会去欧洲的某个风景旖旎的小国家。他们从此就安宁了吗？她想是不会的。

对于格子来讲，那个晚上，像梦幻一样，亦真亦假。

格子有时真的怀疑，那不会就是梦境吧？

68 樊茂盛的忌日

吴天翔给格子打电话，说樊茂盛的忌日到了，他要去看望谭阿姨，问她能不能带他去一趟。格子感觉父亲确实是老了。他过去想去哪里抬腿就走。他现在也知道求人了。

格子想樊飞大概也会回去的，她倒是很想和樊飞一起去。于是就给樊飞去电话，问他回不回家。樊飞说他走不了，空军副司令来了，带工作组正在检查工作。格子没好气地说：不去就说不去，我就不喜欢打官腔。樊飞说：真的，我在准备汇报材料呢！格子说：你顺便再准备一下怎么拍马屁。

格子撂了电话，心里不爽。

她怕她的跑车爸爸坐着不舒服，就找裴军借了辆挂军牌的宝马。

格子一早就赶回家。

格子一进门，吴天翔正在生气，格子就问：怎么了？

吴天翔说：整天叫我像女人一样坐着撒尿。

苏青丹说:你别听你爸爸一面之词,你到卫生间看看就知道了,我整天换马桶坐垫,可还是污渍斑斑。那么大的一个洞,就是尿不进,我只好叫他坐着尿。

吴天翔说:休想!叫我像女人一样坐着撒尿,办不到!

格子咯咯咯笑了,说:我当什么大事?明天我就叫人来安装个站便器。

苏青丹说:那感情好,他以为只有站着撒尿才是男人。

吴天翔依然不依不饶:她最大的本事就是羞辱人,我叫她羞辱一辈子了。

吴天翔和格子出门的时候,苏青丹说:我可要清闲安静一下喽!

吴天翔回过头看看苏青丹,没说什么。上了车,吴天翔才说:她一听我要去丽园,就开始找茬,我说你也一起去呀!你猜她说啥?

说啥?

她说你去了就别回来了。

谁叫你总在妈面前说谭阿姨的好话。

我过去没发现她还会吃醋。吴天翔得意地笑了。

吴天翔又说:你樊叔叔没福气呀!

格子问:谭阿姨年轻时漂亮吗?

吴天翔说:不算多漂亮,你樊叔叔爱虚荣,活着的时候就老是嫌她不漂亮。

格子说:你不爱虚荣干吗不找个丑老婆?

吴天翔说:你妈就是你樊叔叔给我介绍的。

格子说:那我妈是樊叔叔先看上的?

吴天翔说:他想得美?他哪有机会?那时他已经结婚了,再说你妈能看上他吗?

格子说:我妈就看上你了是吧?

吴天翔说:那可不!你爸那时不像现在这样,那时也是一表人才。我和你妈走到哪里,那回头率可高了。你妈那时真是个美人……你就没长过你妈。

格子笑了:你是情人眼里出西施。

说说笑笑就上了高速公路。格子喜欢开快车,吴天翔喜欢坐快车也是出了名的。当首长那会儿,每次坐车,他都喜欢坐副驾驶的位置,一看到前方有车,就命令司机:给我超过去!所以,那时给他配的司机,不但技术要高,还必须是快车能手。

一路风驰电掣,半个多小时就到丽园了。

谭阿姨一身缟素迎接吴天翔。樊叔叔的大照片端端正正地挂在墙上,桌子上摆着供品。

谭阿姨仰头看着照片说:一晃三十年了,可我总感觉就像昨天刚发生的一样。

吴天翔搀起她的手臂,然后用另一只手拍了拍她单薄的肩膀。

中午吃饭,谭阿姨说:老了,不能再多吃肉了,我给你烧了鱼和大闸蟹。

谭阿姨拿出一瓶绍兴加饭,说:还是喝些温和的吧!

谭阿姨把鱼肉夹给吴天翔,他说:我不吃鱼。

谭阿姨说:你是怕刺。

于是,就小心地把刺都挑了出来。

谭阿姨把螃蟹的肉一点点剔下来,放到吴天翔的碗里。

吃完午饭,谭阿姨叫吴天翔进里屋休息,谭阿姨仔细检查了蚊帐里面有没有蚊子后,才让吴天翔上床休息。谭阿姨也进自己房间休息了一会。

两人休息了一会就都出来了,那一个下午两人一直坐在客厅里唠嗑。

格子给吴为打电话,问晚上能来吗。吴为说:不能,新来了批飞行员,明天飞复杂气象,走不开。格子说那我来。就撂了电话。

吴天翔说,他准备飞行你去干吗?

格子说:你以为我真要去呀?逗逗他罢了。

格子在一旁看电视《射雕英雄传》,周末四集联播,一集集看下来,倒也是拔不出眼球来。播广告的时候,听两人谈话,竟是听不出个大概内容,说到的人和事似乎都是很久远的,好像是他们山东老家的事,再听,又好像是从前丽园的事,想到哪里说到哪里,一句一句都是不连贯的,跨时间,跨地域,跨时空,电脑再万能,目前仍是做不到,也只有人脑能做到这一点。

格子想,他们此时漫无边际地游走着,旁若无人,"始随芳草去,又逐落花来",他们一定是逍遥幸福的。

晚上,大姐二姐和翔翔都来了。大家都说到外面吃,谭阿姨却执意要在家里烧,她说菜她都备好了。谭阿姨指挥着大姐烧菜,几个冷菜是她亲自拌的。大蒜拍黄瓜,大葱拌蛤蜊,紫菜虾米,这几样冷菜都是吴天翔爱吃的。

吴天翔逐个尝了尝说:也只有你谭阿姨拌的冷菜,才有我们地道的家乡味。

翔翔说:那时干吗不让我哥娶格子?那你们不就是亲家了吗?那多好!

吴天翔和谭阿姨面面相觑,半晌没说话。

后来,还是谭阿姨说了:格子太漂亮,你哥哪里配得上?

吴天翔说:漂亮女人麻烦,男人都是毁在他们手里的。

谭阿姨忙说,吃菜吃菜。把话题岔开了。

大家热热闹闹地吃到晚上。谭阿姨见格子喝了酒,天又晚了,执意不让走,说明天一早再走。

格子和谭阿姨睡,吴天翔睡隔壁的小房间。

谭阿姨睡不着,格子也睡不着,听到隔壁咳嗽,谭阿姨就说:这里蚊子多,好像你爸的蚊帐里进蚊子了,于是,就拿着手电蹑手蹑脚过去看了看。

谭阿姨回来,格子问:谭阿姨,你爱我爸吗?

黑暗中有一个苍老的声音说:爱。

那你爱樊叔叔吗?

还是那个声音说:也爱。

一样吗?

一个很真,是因为拥有;一个很美,是因为不曾拥有。

谭阿姨,我也爱上了两个人。

那人是谁?谭阿姨的声音有些急促。

樊飞。

那个苍老的声音消失了,夜静得出奇,谭阿姨不再说话。

隔壁又传来咳嗽声……

谭阿姨,你和我爸有过性事吗?

又是沉寂。

谭阿姨,你不说我也不怪你。

没有声音,谭阿姨像是睡了。

不知不觉睡意上来了,格子也迷迷糊糊睡了。

69 本　能

这个夜晚,谭丽无法入眠,她眼前又出现了四十多年前那个雷雨天。

时光追溯到 1957 年初夏。

一个沉闷的午后,一场暴风雨正在酝酿着。

这种低气压的潮湿天气,在北方是难得出现的。

吴天翔无精打采地朝家属区走去。

樊茂盛去轮战了,谭丽刚生完孩子,樊茂盛走时交代过吴天翔,叫他按时去家里看看。上个星期天放假,他去了长春,隔着学校的院墙见了苏青丹一面,去时想入非非的,回来却像泄了气的皮球,情绪一直提不起来。忽然想到已经很多日子没去看嫂子了。

推开大门,是一个狭长的走廊,住着两户人家,走廊里堆着一筐筐的煤炭,显得有些逼仄。静悄悄的,居然听不到婴孩的哭闹声,孩子一定睡了,吴天翔便蹑手蹑脚穿过走廊,房间的门虚掩着,他手一碰,门就开了……

谭丽像佛一样端坐在炕上,双腿平展地盘在炕上,花布衫撩着,衣襟用下颚压着,两个饱满的乳房裸露着,一个乳房婴儿在吃,谭丽正低着头,看着另一个乳房,乳白的汁汩汩地流着,谭丽用手轻轻揉着……

这时,窗外的雷雨哗哗下了起来。

那个雷电交加的午后,一切,都是本能的驱使。

上帝是在很久很久以前就安排好了，只不过那个午后，是该发生的时候。

房间弥漫着香甜的奶香，一片宁静，宁静得只有婴儿吮奶的细小声音。

吴天翔怔在那里，一时迷离，一时贪婪，不知是进还是退……

一声响雷，惊得谭丽抬起了头，就看到了在门口伫立多时的吴天翔。

红晕在谭丽产后白净的脸上扩散开来，羞得愈发娇媚，竟是忘了遮掩。

本能往往是天真无邪的，没有蓄谋，猝不及防。

本能美妙的呼唤，驱使吴天翔暂时偏离了他运行的那条轨道。

一种巨大无形的力量驱使他向前，含住另一只饱满的乳汁丰盈的乳房，贪婪地吸吮起来……

半个月后，樊茂盛轮战回来。

十个月后，樊飞出生，被认为是个早产儿。

吴天翔从来没有承认这个儿子。但行动里，对樊飞倾注的心血却比儿子还多。

吴天翔和谭丽自然是心知肚明，但多年来谁都没有正面谈起过此事，即使樊茂盛去世后，他们也是缄口不言。

70 谭丽中风

吴天翔给苏青丹打电话说谭丽中风了，要留下照看几日，叫格子先回去。

格子一进门,坐在沙发上看报的苏青丹抬起头,问:你是不是告诉谭丽你爱上樊飞了?

格子一头雾水:你怎么知道?

苏青丹自语:难怪她中风。

格子说:不至于吧?为什么?

苏青丹说:你知道樊飞是谁?

格子说:是谁?谭阿姨的儿子呀!

苏青丹说:不错,樊飞也是你爸的儿子,你的哥哥。

格子瞪大眼睛看着苏青丹,问:你是说我爸和谭阿姨……

苏青丹仍然在读她的报纸。

格子问:妈你开玩笑吧?我爸和谭阿姨可没说过这事。

苏青丹笑了笑:他们是掩耳盗铃,他们以为他们不说就等于什么都没发生,怎么会呢?时候不到而已。

格子想了想又说:不会呀?那时樊叔叔还在呢!我爸怎么会那样呢?

苏青丹说:哎,在男女的事情上,你爸有时很幼稚。

格子问:那你是怎么知道的?

苏青丹说:起初,我并不怀疑你爸爸对谭阿姨一家的特殊感情。樊飞当兵时是我给他做的体检。你知道我当过航医,你樊叔叔是B型血我很清楚,谭丽生翔翔产后出血是我给要的血浆,所以我知道她也是B型血,而樊飞却是O型,和你爸爸相同。

格子问:樊飞知道吗?

苏青丹说:你和樊飞从小就好,天生地造的一对,只是懂人事后渐渐疏远了,可樊飞一天也没忘记你。你说,什么能让樊飞退缩,他是轻易认输的人吗?

格子说:樊飞怎么知道的?

苏青丹说:是我告诉他的,若是不告诉他实情他会一直等下去的。你爸还以为是他用大道理说服了樊飞。

格子问:妈,你不恨我爸?

过了很久,苏青丹才说:……都化解了,再说,那是你爸和我结婚之前的事。

格子说:你还爱我爸?

苏青丹没有直接回答,她说:我没爱过别人。

格子说:我看你是谁也不爱。

苏青丹冷冷地说:你以为爱都是大喊大叫的吗?

格子还是第一次发现苏青丹衰老了。她突然觉得妈妈有些可怜。

71 兄　　妹

格子在楼下摁汽车喇叭,然后就坐在车上等。果然樊飞下来了,他看到是格子有些意外和惊喜,但嘴里却说:胆大包天,怎么跑到这来了?

格子反问:首长重地,闲人免进是吧?

樊飞说:找我有事?

格子用异样的目光打量着樊飞,心里想果然是像的,嘴上却说:看老哥呀!

语气里,不知不觉带有妹妹对哥哥的娇嗔。

樊飞好奇:你怎么知道我在?

格子说:我有内线。

樊飞笑了,说:嗬!你这个老妹,竟然派了内线监视我。走,到我宿舍去。

樊飞的宿舍是一幢红砖小楼,被影影绰绰郁郁葱葱的绿色包围着。

一楼是会客厅,摆着一圈老式沙发。

公务员进来欲沏茶,樊飞说:你去吧!我自己来。

公务员走后,樊飞问:老妹,想喝什么?

格子说:茶,龙井茶。

樊飞说:我这有三千块一斤的上好龙井。

格子说:我就知道你这里有人家上贡的好茶。

樊飞说:我喝点好茶抽点好烟不是小意思,这已经是很廉正的干部了。

格子坐在沙发上说:老哥过来,让我好好看看你。

樊飞双手拄着沙发的扶手,把脸凑过来,在格子的额头上亲了下,说:看吧。

一股纯正浓郁的男人的气息扑面而来,令她血液澎湃,仍然是没有排斥的,反而更是感到亲近,她内心里反复追问:你向往吗?你爱这个人吗?他的血管里有和你相同的血液,他是你哥哥你也爱吗?毫无疑问,她确定是爱的。格子下决心要告诉樊飞,而且不容迟疑。

樊飞说:老妹,你怎么了?

格子说:你叫我不能自拔!

樊飞欲言又止。

格子说:妈妈都告诉我了。

樊飞说:你不怪我对你隐藏这个秘密?

格子说:不怪。

樊飞又说:你不想改变……

格子说:我爱你,已不可改变。

樊飞用力抱起格子,格子的骨节发出叭叭的脆响。

……

樊飞就像一架强击机一样,强大地压在格子的身上。格子感到自己快要喘不过气来了,她的身体在飞快地坠落,坠向一个她和樊飞都不知道的深渊。

樊飞说:老妹,你说我们是不是该做个 DNA 鉴定?

格子说:你怀疑我们的血缘关系吗?

樊飞说:我们应该得到科学的证实。

格子说:你希望是还是不是?

樊飞说:我当然希望不是。

格子说:那你就没有负罪感了是吧?

樊飞说:……如果夏娃是亚当身上的一根肋骨,那么他们应当也有血缘关系。

格子说:是的。

樊飞说:你联系一下,哪天好了通知我。

72 格子告诉吴为她爱上了樊飞

格子说:吴为,我爱上了一个人。

吴为看了一眼格子,于是轻描淡写地说:你这个疯丫头。

格子知道吴为在回避,但她就是要叫他正视这个问题,她又认真地说:我必须要你知道,我爱他!

沉默,过了很长时间,吴为说:爱是什么意思?

格子说:我不懂你想问什么?

吴为说:爱是一个虚词,我问的是你是想和他结婚还是仅仅保持一种亲密的关系?

格子哭了,她知道吴为是深入地想过的。

吴为问:你想和我离婚吗?

格子泪流满面,是因为吴为说到了"离婚"二字。

格子摇着头说:为什么要离婚?不,我舍不得。

吴为说:舍不得什么?

格子说:你的味道,我离不开你迷人的味道,它已经成了我生活的一部分。

吴为说:那么说,你不想离婚?

格子点头:我压根就没想过……

吴为说:那和我暂时没有关系。

格子说:我想得到,但不想失去你,你相信我同时在爱着两个人吗?

吴为说:我相信。

格子说:我该怎么办?

吴为说:怎么办都成,只是不可离婚。

格子问:为什么?

吴为说:一个航空兵师长离婚再婚,也就意味着仕途断了。你毁了他,也毁了他家庭。这是你爸和谭阿姨都不愿看到的。

格子说:你怎么知道是他?

吴为说:我早有预料。

格子说:吴为,你为什么总为别人着想?

吴为说:为别人就是为自己。

格子说:你智慧又善良。

吴为又说:格子,爱并不一定要全部失去。也,不一定要全部得到。

格子点了点头。

73 吴为的情怀

格子不是个喜欢奢华的人。她不喜欢时装,一年四季的衣服就仅黑白两色,但在款式、面料、做工上极挑剔,且大多是休闲服,她说衣服穿着舒适才谈得上好看。她不喜欢化妆,她说女人一画了眉便是不洁的了,女人生来是出水芙蓉。“出淤泥而不染,濯清涟而不妖,中通外直,不蔓不枝,香远益清,亭亭静植”。她喜欢洗脸,几乎和洗手一样频繁,谁若是夸她的皮肤白皙、滑润有光泽,她就会说:请多多洗脸。

这样看,吴格子是个很怪异的女人。但她的奢华和人家也是不一样的,她有三样宝贝:天蓝色的 BMW 跑车、欧米伽手表和雷鹏墨镜。这三样东西,除了睡觉,几乎是不离身的。她说过,这三样东西好比她的三个儿子。雪佛莱、浪琴固然好,可那是人家的,她只喜欢她自己的。这样看,她并不是一个见异思迁的女人。

但和吴为在一起,便是要奢华一下的。其实,她是为吴为奢华的。也许是因为吴为职业的原因,她常常觉得吴为活得太苦,而他自己却全然不觉。她有时看他酣睡的样子,看他吃饺子的样子,他越是满足的样子,格子就越是心痛,他怎么就这样容易满足呢？他应当知道这个世界的精彩和丰富。他更应当享受到活着的快乐。他有这个资格,他应当活得浪漫些。

格子曾经问他:什么时候你感到浪漫？

格子以为他会说飞行的时候,或是飞夜航的时候。可你猜他说啥？他说:抽烟的时候。

格子听后哭了。可格子记住了。吴为每次回机场她总是给他带三条软中华,刚好一天一盒,还有六十个烟嘴,并关照他抽十根烟换一次烟嘴。

所以,吴为很牛,牛就牛在软中华是老婆买的,体面又光彩。相比之下,抽公款的就没有他硬气。

其实,他自己抽的也不多,每次外场飞行,当他拎着飞行帽一走进休息室,飞行员们就过来泡他的好烟,一转眼,一包烟没了。

他穿一身名牌,但都叫不出名字。吴为叫那些小飞行员们羡慕不已:瞧瞧咱团长,才是真正穿名牌的,竟然把名牌穿得像家常衣服。

吴为回来,格子对公司的事情就懈怠了,业务都交给苏谷子了。好在苏谷子是个尽职尽责、安分守己的人。格子对他一百个放心。

“旷兮其若谷”。格子像是没有来头地沉迷在吴为寂静的山谷里,感情却一日比一日深厚起来。像是前世欠他的,格子就是要对他好,叫他知道人世的快乐。

她带吴为逛名品专卖店,颐指气使地对服务小姐说:他要全套的。

于是,就放手了,坐到一边冷冷地看着。服务生乖巧觉悟,知道是来了不在乎花钱的大主儿,就尽着兴给吴为武装,一般她们喜欢伺候这样的客人,自然也就诚心实意地恭维着,直到你满意为止。

事毕,格子摘下墨镜,歪着头左右打量着,然后,莞尔一笑,表示满意,于是刷卡。

这时,服务小姐悄悄问吴为:她是谁呀?

吴为说:我夫人啊!

小姐捂着嘴笑了起来。

吴为问:你笑什么?

小姐说:先生好福气。

小姐转身却说:我还当是他女儿呢!

吴为有些耳背,小姐讲的又是上海话,自然是没听清,格子却听得真切,倒是没什么好理论的。

吴为穿上名牌老实地承认:名牌还就是名牌!

吴为回来告诉格子,他拒绝了上面调他到师里当副参谋长。

他说:这看起来像樊飞的主意。

格子说:你是不想领他的人情是吧? 他是好意,他为我们想……

吴为说:你不理解,我和樊飞之间,没有人情不人情的……我不是统筹帷幄的人,我当不了将军,所以,我不想离开飞机场,一辈子当飞行员我很满足。

格子说:飞行不可能是你终生的职业,你不能老飞呀? 将来怎么办?

吴为说:英雄有来处,自有归处,飞到年限,自谋职业去。

格子问:谋什么职业?

吴为说:做生意。

格子咯咯笑了,说:你做生意?

吴为说:对！做大生意。

格子问:说来我听听。

吴为说:去中缅边界做石头帮,没听说吧？博就博大的,博好了一下子就成了千万亿万富翁。

格子说:开窍了,也知道钱是好的了。

吴为说:当没有再好的东西时,钱就成了好的了。

格子突然黯然地说:吴为,无论发生什么,你都会永远爱我吗?

吴为说:我想会吧！又说:永远爱你。

两人正说着,电话响了,是樊飞,邀请他们到他新居去玩。

樊飞说于好来了。

74 爱 别 离

两人出了门,去花店买了一大束百合。花店旁边是家 NIKE 专卖店,格子眼睛一划,看到一套小孩的运动服,黄色的,颜色很漂亮,刚好是六七岁孩子穿的,于是就买了一套。

樊飞开的门,和吴为寒暄了两句,待目光落到格子身上时就有些异样。格子似乎也如此,心别别地跳起来。

于好长得端正大方,到底是教书育人的,知书达礼不说,还谦和温顺。樊飞的儿子六岁了,白净羞涩,像妈妈的多,像爸爸的少。正在看连环画的贝贝指着画大声说:妈妈,母鸡开花了。他妈妈说:那是孔雀。

于是大家都笑了。

格子拿着运动服问:

贝贝,喜欢吗?

贝贝看了看衣服,又看了看格子,说:黄颜色招虫。

于好有点尴尬,说:这孩子竟说叫人不懂的话。

格子却没有在意, 倒反喜欢起那孩子, 说我给你出个谜你猜。

格子和于好像是没话说,倒是很快和贝贝搞得很热乎。

新居老房,面积不小,也没什么像样的东西。

餐厅里菜已经上桌,看得出是精心准备的。

格子为掩饰什么,伸手刚要抓一块油炸里脊,被樊飞一把给拍掉,两人的目光又撞到了一起,樊飞说:主客还没来呢? 一旁的吴为看了看于好,尴尬地笑了笑。

外面车响,吴天翔和苏青丹来了。

于好殷勤地招呼两位老人入座,吴天翔这时却看到了叫他爷爷的樊文,便拉到怀里来亲了亲,说:这孩子将来恐怕是个文官。

大家举杯,吴天翔说:我已听说樊飞要到基地当司令了,这杯就算是表示祝贺。

其实,樊飞要当司令的消息传了有一阵子了,今天从老头子嘴里说出来,看来是八九不离十了。

吴天翔一边夹菜一边说:总算吃到樊飞媳妇烧的菜了。

吴天翔看来对樊飞的进步很满意,但却口口声声夸于好。

苏青丹也对于好说:樊飞再不把你调过来,老头子可就不让了。

说完,两人会心地笑了笑。

吴天翔说:无论你本事多大,官做到多大,还是要坚持毛主席的“两个务必”,这是立身做人之本。

于好于是对着吴天翔说:樊飞他最听您的话,他常说您对他言传身教,既是慈母又是严父,没有您就没有他的今天。

老人都喜欢听好话,吴天翔听后自然是很得意,呵呵笑得口水都出来了,苏青丹忙用纸巾帮他擦。

格子要盛饭,隔着于好把碗递给樊飞:老哥,给我盛饭。于好接过格子的碗传递给樊飞,他二话没说,到厨房给格子盛了满满一碗饭。

正当大家尴尬着时,于好开口了,说:樊飞跟我说他从小就喜欢格子,为这事还挨过吴叔叔的揍。

大家都抬头看着于好,她继续说:樊飞当兵离家之前,鼓着勇气跟吴叔叔说,我将来要娶格子。吴叔叔一听顿时火了,给了樊飞一个耳光,说:鼻涕还没干呢!就想媳妇了,真没出息。吓得樊飞以后再也不敢提媳妇。

苏青丹看了看樊飞说:有这事吗?我怎么不知道?

吴天翔说:有,这件事我记着。还没建功立业呢就想媳妇,我当然要打。

于好说:打得好,打出了樊飞立志做将军的梦想。

格子重新打量于好,看出了不俗的东西。两人不动声色地碰了杯,都一饮而尽。

吃完饭,吴天翔和苏青丹要先走,苏青丹趁吴天翔去卫生间的时候说了一句耐人寻味的话:旁人都明白,却把当事人蒙到了鼓里。大家跟着笑了,讪讪的。

干休所来接他们的车在外等着,他们上了车后,苏青丹对吴天翔说:你看不出他们在相爱?

因喝了几杯酒,吴天翔一上车就迷糊了,不过嘴里还嘀咕:谁和谁相爱啊!

苏青丹答:樊飞和格子呗!

吴为和格子也跟着告辞了。

出了樊飞家,吴为一直不说话,格子问:吃醋了?

吴为说:你太由着自己性子了,你叫于好怎么想?你太不给人家面子了。

格子知道,吴为是怪她和樊飞太随便,旁若无人,没有顾及到于好的心情。

格子有些被吴为感动了,为人处世他总是先为别人考虑。

格子说:我又虚伪不来。

吴为说:你这人啊!一点不顾全大局。

格子说:她知道樊飞是我哥。

吴为说:樊飞告诉她了。

吴为还是闷闷不乐,不搭理格子。

格子想想也是,自己做得也太过分,可也无奈,见了樊飞就把持不住。

吴为在格子面前有时更像一个家长,溺爱又宽容,这种好法有谁能替代呢?没有。

回到家,借着酒兴,格子在吴为的怀里像章鱼一样舞蹈着,吴为给她的海真大,辽阔、无垠、翻着光怪陆离的巨浪,她纵情地畅游欢娱……

格子说:老九,回到我身边来吧!我们也许该生个儿子了。我感到孤独了。

此时,樊飞和吴为合二为一人,为着共同的使命,一个是导火索一个是炸药……

格子在心里说:能如此深地走进我生命里的只有你们两个人。

75 迫　降

吴为第二天归队,樊飞后脚就跟了来。吴为感到意外。

两人晚上从空勤灶出来,一起往招待所走,吴为说:要上任了,还来我们训练团泡什么?

樊飞说:以后来的机会怕是不多了。

樊飞突然站住,说:格子都知道了……我妈告诉她了。

吴为像是期待着什么,可是樊飞接着说:但是,什么都没有改变,吴为,我很抱歉……

吴为对天长啸。然后说:好自为之。

樊飞虽不知吴为的“好自为之”为何意?但总归轻松了很多。

樊飞说:吴为,你知道特洛伊战争吗?那是两个男人为一个女人进行的旷日持久的战争……

吴为打断他,不屑地说:为女人而战?狭隘!格子是我们俩的,我的爱妻,你的妹妹,难道不行吗?

樊飞似乎还有话要讲，但吴为摆了摆手示意他不要说了，然后甩手走了，留下樊飞一个人。

池塘边是一条幽静的小路，长着高高的水杉，这些都是当年吴天翔的杰作，他绕着池塘一圈一圈走着……

夜里，樊飞睡不着。皎洁的月光照进来，房间里是夜晚的通明。樊飞起身找烟，点燃后站在窗前，湖面波光淋漓，一片银白……他看到一个身影围着湖边的小路跑过来，到近处时，他才看清，那人是吴为。

吴为大概也是难以入睡。

樊飞突然觉得这世界上很多事情非常美好，但同时也非常残酷。

樊飞要回去筹备"新千年"的飞行表演，一早就离开了丽园。

在空勤灶吃完早饭出来，刚要上车，遇见了吴为。樊飞本想开句玩笑，可还没等开口，吴为却说：回去捎个信，叫格子明天来接我。

樊飞说：明天不是飞拂晓吗？怎么回得去？

吴为笑着说：我有些想她了。

樊飞也笑着说：想得都夜游了。

吴为拍了拍樊飞的肩膀催他上路，然后又对前面的小司机说：上了高速公路，不能超过120。

樊飞回到师里开完会，就给格子去电话：吴为明天回来，让你去接他。

刚走啊怎么又回来？

吴为说有些想你了。

这不像他说的话啊！

他是这么说的。

他乘几点的车回来?

他没说。

他不会不说。

他是没说。

一天至少有十几趟车呢!

是怪呀!他是没说时间。

你也没问?

让我想想,当时我好像问过他什么……我想起来了,我问他,明天不是飞拂晓吗?怎么回得去?他于是就说有些想你。被他这样一岔,就把话题岔开了。

那就蹊跷了,他每次让我接,总会把时间地点说得清清楚楚。

他早晨的样子有点怪。

你们说什么了吧?

他心里明镜一样,说与不说都一样。

格子放下电话没有来由地打了一个激灵。

吴为穿着橘红色的救生服,站在山顶,他的周围芳草摇曳……他在向她招手,但就是看不清他的脸……格子的梦被电话铃声打断。

电话里的声音有些嘈杂,但她仍然听出是樊飞的声音。

格子扫了一眼闹钟,刚好是凌晨四点。

格子问:你在哪里?

樊飞说:我在去丽园的高速公路上。

格子问:出事了?

樊飞说:他没下来。

格子问:你是说他摔了?

樊飞说:派飞机去他飞过的空域找过了,今夜天空明朗,但他们没有找到飞机。

格子问:周边的机场都问了?

樊飞说:都问过了,有情况他们马上会报告我。

手机里突然没了声音,樊飞着急地问:格子,你怎么了?

格子说:樊飞,我刚刚梦见他……

樊飞问:他在哪里?

格子说:他在向我招手,仿佛是说要我去接他。

樊飞说:你看清是什么地方了?

格子说:一个绿草茵茵的山坡上,山后有一轮巨大的月亮。

樊飞说:格子,这是你的幻觉。

深秋郊外的空气有些寒冷。

路面笔直宽阔,凌晨时分,几乎看不到车辆。

格子的跑车在寂静的郊外急驶,像赛车一样呼啸而过。

车外的建筑物渐渐变得稀疏,越往南开,视野越开阔,格子估计快到了,便下了公路,沿着一条蜿蜒的小路前行,拐了几个弯,格子迷路了。再开,前方似乎是一个工地,到了近旁,才发现工地上站了许多人,格子把车开过去,想问问路,于是,下了车就朝人群走去。

这里像刚发生过什么,惊怵的人群正在议论着。格子刚走过去,人群中就有人喊:记者来了!

格子问:发生什么了?

民工们把格子当成了记者,一起围了上来,七嘴八舌说开了:我们看到了不明飞行物。

像个怪物，一会上去一会下来，疯狂地在我们头顶吼叫。

它好像在天上写着什么？可是看不懂。

那是外星人的文字。

像在天上画画，壮观极了。

格子摆了摆手，大声问：后来呢？

没了，突然就不见了。

格子问：没听到声响？巨大的？

没有！

格子问：谁知道那个月亮型的池塘怎么走？

有人说：离这里不远，往南走，往海边走。

格子回到自己车上，后面的人群追着她问：去那里干啥？

格子匆匆地回答：如果我没猜错，那里一定发生了奇迹。

车子向南开去，眼前越来越空旷，银色的月亮池塘终于出现在她的面前，她下了车，眼前的壮观景色叫她惊呆了……

缓缓起伏的山丘上绿草茂盛，在它的平顶上，赫然地停着一架银色的战机，它下面的山坡上，有一条深深的痕迹，显然飞机是借助了山坡的缓势，准确无误地停到了山顶的那一小块平地上。后面是茫茫沧海，再后面一轮红日正在缓缓升起。

逆着初升的太阳，飞机的剪影异常威武壮美。

吴为穿着橘红色的救生服，站在飞机旁，举着双手向她挥舞，他身后的篝火和红日一起燃烧着……

在格子的眼里，吴为和他的银色战机如梦如幻。在这个月色皎洁的夜晚，他把自己给弄丢了……格子远远地望着眼前这个一直不懂得浪漫的人，这个视飞行为生命，在浩瀚的天空中芥子一般自由的人。她的丈夫，她的爱人。格子的鼻子一下子就被什么东西哽塞住了。

格子沿着缓坡向上跑去，身影渐渐地与吴为接近，在这浩大的日光里，慢慢地消融。

图书在版编目(CIP)数据

飞机场/刘迪作品. －上海:上海文艺出版社.2005.9
ISBN 7－5321－2903－9

Ⅰ.飞… Ⅱ.刘… Ⅲ.长篇小说－中国－当代 Ⅳ.I245

中国版本图书馆CIP数据核字(2005)第081666号

责任编辑:韩　樱
装帧设计:王志伟

飞机场
刘　迪 作品
上海文艺出版社出版、发行
地址:上海绍兴路74号
电子信箱:cslcm@publicl. sta. net. cn
网址:www. slcm. com
新华书店 经销　苏州文艺印刷厂印刷
开本890×1240　1/32　印张7.5　插页2　字数161,000
2005年9月第1版　2005年9月第1次印刷
ISBN 7－5321－2903－9/I·2231　　定价:16.00元

告读者　如发现本书有质量问题请与印刷厂质量科联系
T:0512－66063782